canim-verlag

Über die Autorin

Hinter der Autorin Michelle Schrenk steckt eine 1983 geborene Wassermannfrau, die es liebt zu träumen, und es hasst, Zwiebeln zu schneiden. Sie wohnt in der Nähe von Nürnberg und hofft, ihren Lesern mit traumhaften Geschichten Glücksmomente zu bescheren. Ihr ganzes Glück besteht aus ihrem Mann, den beiden Kindern und ihrem Hund. Mit ihren Liebesromanen steht sie regelmäßig auf der Bestsellerliste der Amazon-Charts.

Mehr über Michelle und ihre Bücher im Internet auf: www.michelleschrenk.de

Mehr aus Michelles Leben gibt's auf Facebook und Instagram:
www.facebook.com/MichelleSchrenkAutorin
www.instagram.com/michelle_schrenk

Michelle Schrenk

Liebe und andere Unwahrscheinlichkeiten

canim-verlag

1. Auflage, 2018
Canim Verlag, Nürnberg, www.canim-verlag.de

ISBN 978-3-942790-33-8

Danke an alle Partner, ohne deren Unterstützung dieses Buch nicht möglich gewesen wäre:

Idee und Text:
Michelle Schrenk, www.michelleschrenk.de

Cover-/Umschlaggestaltung:
BUCHGEWAND | www.buch-gewand.de
Verwendete Grafiken/Fotos:
Atid28 / shutterstock, Hibrida / shutterstock, Rolau Elena / shutterstock, Katerina Izotova Art Lab / shutterstock, m-ion / depositphotos.com, DeCe11 / depositphotos.com, bogalo / depositphotos.com, ZeninaAsya / depositphotos.com, dobrynina_art / depositphotos.com, Maryart / depositphotos.com

Lektorat und Redaktion:
Susanne Jauss, jauss-lektorat.de

Rezept für Lavendelcupcakes mit freundlicher Genehmigung von:
Maja Nett / moey's kitchen foodblog (www.moeyskitchen.com)

Grafiken im Innenteil: Schriftart *Happy Birthday* von Woodcutter
(Quelle: www.dafont.com)

Für alle, die an Wunder glauben.
Sie sind gar nicht so unwahrscheinlich,
wie man denkt.

Glaube ist Liebe zum Unsichtbaren,
Vertrauen aufs Unmögliche, Unwahrscheinliche.
Johann Wolfgang von Goethe

Man sollte immer ein wenig unwahrscheinlich sein.
Oscar Wilde

Absolut kein Wunder

Es gibt Momente im Leben, die man nie für möglich gehalten hätte. Das hier ist so einer. Mit klopfendem Herzen stehe ich, Elisa Mandel, vor der Villa der Familie von Kimmen, wo heute Abend eine exklusive Party stattfindet. Und ich soll sie mit Törtchen aus meiner Backstube beliefern.

Warum ich das nie für möglich gehalten hätte? Nun, es ist ja schon schlimm genug, wenn man von dem Mann, mit dem man zusammen ist, wegen einer anderen Frau verlassen wird. Noch schlimmer ist es, wenn diese andere keine Unbekannte ist, sondern eine verhasste frühere Mitschülerin. In meinem Fall Tina von Kimmen. Und diese Tina ist nicht nur die neue Flamme meines Exfreundes Matthias, nein, sie ist auch noch das Wunder, auf das ich hoffen muss, um meine Bäckerei zu retten.

Irgendwie sehr suspekt, oder?

Tina, Tochter von Beruf, stammt aus einer der bekanntesten Unternehmerfamilien der Stadt, die auch den Ruf genießt, die angesagtesten Events der ganzen Region zu veranstalten. Und von genau dieser Tina wurde ich angefragt, eine ihrer groß angelegten Partys mit Gebäck aus meiner kleinen Bäckerei zu beliefern. Was wirklich eine Chance sein kann, da die betuchten Gäste alle potenzielle Kunden für mich sind. Denn gerade muss ich um den Fortbestand meiner Bäckerei bangen.

Ja, meine eigene Bäckerei. Das war immer mein Traum. Seit ich denken kann, habe ich mir gewünscht, die Menschen mit meinem Gebäck glücklich zu machen, ihnen Glücksmomente zu bescheren. Vor zwei Jahren habe ich mir diesen Traum dann erfüllt. Es war nicht immer leicht, aber ich bin unheimlich stolz darauf. Und unser Gebäck ist wirklich gut. Wir haben bereits einige Stammkunden, doch jetzt steht die Bäckerei, die mir so viel bedeutet, kurz vor dem Aus. Weil der Besitzer, Herr Huberus, ein wirklich netter älterer Herr, den Pachtvertrag nicht verlängern, sondern den Laden an eine große Billigbackkette verkaufen will. Ich kann ihn verstehen, das Geld kann er im Ruhestand gut gebrauchen, aber dennoch habe ich ihn angefleht, es nicht zu tun, und ihm angeboten, den Laden selbst zu kaufen. Irgendwie würde ich das Geld auftreiben, da war ich mir sicher. Schließlich hat er auch eingewilligt, mir eine Chance zu geben. Doch leider habe ich nur noch wenige Wochen Zeit, um das Kapital zusammenzubekommen und einen

Kredit von der Bank zu erhalten, die sich - warum auch immer - in alle Richtungen windet, nur nicht in meine. Daher kam der Auftrag von Tina gerade recht, auch wenn sie noch immer eine absolute Schnepfe ist.

»Fünfhundert Stück von den Lavendelcupcakes brauche ich, dazu Kirschschnittchen und Eclairs. Die mag Matthias ja besonders gerne«, hat sie mir engelsgleich ins Ohr geflötet. Am liebsten hätte ich den Hörer im Kuchenteig, den ich gerade angerührt hatte, versenkt. Auch wenn Tinas Stimme klingt wie die eines Engels und ihr Gesicht ebenso zart wirkt, in ihrem Wesen ist sie alles andere als engelsgleich. Aber wie auch immer, es ist ein guter Auftrag, der sich, wie ich hoffe, am Ende lohnen wird.

Und so hat dieser Großauftrag unser kleines Team, bestehend aus mir, meiner besten Freundin Sam und meiner Tante Helene - der jüngeren Schwester meiner leider schon jung verstorbenen Mama - in den letzten Tagen zu Höchstform auflaufen lassen. Ohne Pause haben wir gearbeitet, Blech um Blech in den Ofen geschoben und die fertigen Köstlichkeiten in liebevoller Handarbeit verziert.

»Vielleicht war das mit Tina Schicksal«, meinte Sam, als wir die fertigen Gebäckstücke begutachteten, und auch Tante Helene war davon überzeugt, dass eine höhere Macht ihre Finger im Spiel haben könnte. Hoffentlich behalten die beiden recht, und dieser Abend ist wirklich all die Mühe wert.

Während ich meinen Blick noch einmal an der großen, hell erleuchteten Fensterfront der Villa entlangschweifen lasse, klingelt mein Handy. Auf dem Display sehe ich Sams Namen, und ich gehe ran.

»Ich weiß nicht, ob ich das überlebe. Wenn ich nur an diese Schnepfe denke, wird mir schon übel. Das muss wirklich toll für sie sein. Jetzt kann sie mich herumkommandieren und mir gleichzeitig auch noch zeigen, wie unfassbar glücklich sie mit meinem Exfreund ist. Glaub mir, ich muss mich nachher echt beherrschen, ihr keines der Törtchen ins Gesicht zu klatschen«, sage ich zu Sam, die sogleich zu kichern beginnt.

Nervös zupfe ich an meinem langen schwarzen *Patrizia Pepe*-Kleid herum, das mir wirklich schmeichelt. Es ist hinten weit ausgeschnitten, vorne überkreuzt, hat dezente Rüschen an der Taille, seitliche Schlitze und ist so leicht und luftig wie die gefüllten Lavendelcupcakes, die ich mitsamt den anderen Leckereien aus meinem Lieferwagen ausgeladen habe. Leisten könnte ich mir so einen sechshundert Euro teuren Traum nie und nimmer, aber wenigstens wollte ich gut aussehen und mir vor Tina nicht auch noch diese Blöße geben. Zum Glück arbeitet Sam neben ihrem Aushilfsjob in der Bäckerei auch noch in einer noblen Kleiderboutique in der Kaiserstraße und hat mir das Kleid für den heutigen Anlass unter der Hand ausgeliehen.

»Ist doch völlig egal, was mit der ist. Lass dich nicht von dieser Ziege fertigmachen, hörst du?«, sagt Sam eindringlich am anderen Ende der Leitung. »Du gehst jetzt erhobenen Hauptes da rein und lieferst eine super Arbeit ab. Und du wirst sehen, am Ende kommst du mit einigen Aufträgen mehr aus der Sache raus. Das ist dein Ziel. Dann hat sie den Salat. Aber lass dich auf keinen Fall unterkriegen.«

Zögernd nicke ich. »Na gut, ich versuche es.« Doch meine Nerven lassen sich nur schwer beruhigen und flattern wie ein Wäschestück im Wind.

»Hör mal zu, Elisa. Du siehst umwerfend gut aus, viel besser als Tina. Matthias ist selber schuld, dass er dich wegen ihr hat sitzen lassen. Und überhaupt, ich glaube ganz fest, dass sich dieser Blödmann nur an die Tussi rangemacht hat, weil sie so reich ist. Er profitiert ja schließlich davon. Du musst zugeben, er ist eigentlich voll die kleine Bitch.«

Jetzt bin ich an der Reihe zu kichern.

»Und weißt du was? Wenn auch die letzten Wochen mies waren, heute wird alles gut gehen, da bin ich mir sicher. Also hab keine Angst, vertrau auf das Glück und die kleinen Wunder. Du weißt, sie passieren ganz oft, man muss sie nur erkennen.«

Sam sagt das regelmäßig zu mir, und ich will auch fest daran glauben, wirklich, aber langsam gerate ich ins Schwanken. Wunder sind ja auch eher unwahrscheinlich, oder? Ich meine, wann passiert denn so ein Wunder wirklich mal?

Ich seufze. »Also schön, dann gehe jetzt da rein und verzaubere sie alle.«

»Das ist eine gute Einstellung. Wir hören uns später«, sagt Sam noch, bevor wir das Gespräch beenden.

Ja, vielleicht passiert mir wirklich auch mal ein Wunder.

Also straffe ich die Schultern und atme tief durch, dann stürze ich mich ins Getümmel.

Einfach nur schrecklich

Als ich bereits drei Stunden Arbeit hinter mir habe, bleibt Tina wie zufällig neben mir stehen und mustert mich von oben bis unten.

»Ach Elisa, ich habe mir Gedanken um dich gemacht und stelle dir da mal jemanden vor. Dieser Mann ist wie für dich geschaffen. Ihm gehört ein Versicherungsbüro, und er verdient wirklich gutes Geld«, flötet sie mir ins Ohr und nimmt einen großen Schluck aus ihrem Champagnerglas. »Ich habe nämlich wirklich ein schlechtes Gewissen, das musst du mir glauben. Aber weißt du, das mit Matthias und mir, das ist einfach echt.«

Ich verziehe die Mundwinkel nach oben und versuche, mir nicht anmerken zu lassen, wie sehr sie mir auf die Nerven geht. Am liebsten würde ich ihr tatsächlich eines meiner Törtchen, die glücklicherweise sehr gut ankommen, ins Gesicht klatschen.

Dass sie mir erst den Freund ausspannt und mich jetzt auch noch verkuppeln will, ist doch echt das Allerletzte. Nicht nur, dass sie mich die ganze Zeit herumscheucht und mich von oben herab ansieht, als wäre ich ihre Bedienstete. Nein, auch noch diese Frechheit besitzt sie. Wie wenig einfühlsam muss man für so was sein?

Und Matthias benimmt sich sowieso wie der letzte Idiot. Kaum zu glauben, dass ich mit diesem Typen mal zusammen war. Dass ich mit ihm in einem Bett geschlafen habe und nur einen Moment glauben konnte, dass er ein Herz hat, das es wert ist, geliebt zu werden. Er hat Tina verdient – ganz ehrlich. Gerade mal ein »Hallo« hat er über seine Lippen gepresst, ehe er sich ohne ein weiteres Wort von mir abgewandt hat.

»Glaub mir, der Teo wäre echt was für dich«, drängt sich Tinas liebliches Stimmchen wieder in mein Ohr, während sie in Richtung Tanzfläche zeigt, die mittlerweile gut gefüllt ist. »So einen Mann brauchst du. Der kann für dich sorgen, wenn du selbst nicht mehr dazu in der Lage bist. Wenn man die dreißig überschritten hat, beginnt die Uhr nun mal zu ticken. Und du hast es ja auch nicht leicht. Die Bäckerei, gut, das ist ja ganz nett, aber doch nichts für die Ewigkeit«, sagt sie und lächelt. Ein unechtes Lächeln, das ihre Augen nicht erreicht.

»Nun, ich bin stolz darauf«, antworte ich nur.

»Ja, natürlich. Man redet sich das ja auch ein. Umso besser, dass ich jetzt da bin und dir heute helfen kann. In Sachen Liebe kenne ich mich aus. Glaub mir, der Teo passt zu dir.« Kaum hat sie die Worte ausgesprochen, zieht sie mich auch schon an der Hand hinter sich her und parkt mich vor einem Mann mit Glatze. »Viel Spaß euch beiden.« Sie zwinkert erst ihm zu, dann mir und wendet sich schließlich ab.

Okay, ganz ehrlich. Ich bin wirklich nicht wählerisch, und es muss nicht immer ein Channing Tatum sein, aber ich will ehrlich gesagt auch keinen Peter Zwegat – auch wenn dieser Mann bestimmt sehr nett ist.

»Du bist Elisa, oder? Tina hat gesagt, dass du mich gerne kennenlernen würdest. Ich bin Teo. Ohne Haar«, sagt er und reicht mir die Hand.

Wie bitte? Habe ich das richtig verstanden? Ohne Haar?

Ich versuche, ein Lächeln zustande zu bringen, und drücke seine schlaffe Hand. Oh nein, sie ist so merkwürdig schwitzig. Schnell reibe ich sie unbemerkt an meinem Kleid ab.

»Na, Teo ohne H«, erklärt er erneut, da macht es *Klick* bei mir. Ach so, er meint den Buchstaben H. *Ohne Haar* würde allerdings auch gut passen.

Er wackelt mit den Augenbrauen. »Na, was meinst du, Elisa, wollen wir zwei ein bisschen dancen? Da bin ich richtig gut drin.«

Was? Dancen?

Hilfe! Das ist ein Alptraum! Kann es denn noch schlimmer kommen?

Ich sollte ihm genau das sagen, aber stattdessen entgegne ich mutig, wie ich bin: »Ähm, ja klar, sehr gerne.« Ich will ihn ja auch nicht vor den Kopf stoßen, denn immerhin kann der arme Mann nichts dafür, dass sich Tina nur einen Spaß mit mir erlaubt.

Ehe ich mich versehe, legt Teo ohne H und Haar los und dreht sich mit schwindelerregenden Bewegungen um mich herum.

Er ist gut darin? Aha. Selbstbewusstsein hat er ja. Davon kann er mir gerne was abgeben.

Wo ist das nächste Loch, in das ich fallen kann? Oder er?

Natürlich tut sich keines auf, sondern der DJ spielt auch noch sein Lieblingslied. Zumindest nehme ich an, dass es das ist, denn Teo stößt ein lautes »Wuhuuuu!« aus.

Danke, liebes Karma. Bin ich nicht schon genug gestraft? Anscheinend nicht.

»Der Song ist ganz groß!«, ruft er freudig, während er vor mir herumwackelt, als wollte er zu *Don't want no short dick man* eine Schlange beschwören.

Die Sängerin spricht mir aus der Seele.

Ich bin echt offen für alles, wirklich. Aber ich bin ja schon mit eins sechzig nicht gerade groß, und

Teo überragt mich nur ganz wenig. Gut, Glatzen sind auch ganz okay - zumindest bei Bruce Willis oder ... Ich denke nach. Vin Diesel, ja, der sieht damit auch recht gut aus. Ansonsten fällt mir nur noch Golom aus *Herr der Ringe* ein. Doch über ihn lässt sich streiten.

Teo gibt jetzt alles und dreht und schüttelt sich wie ein Wilder. Womit habe ich das eigentlich alles verdient? Dass er *der* Mann für mich ist, ist so wahrscheinlich, als würden ihm auf einmal wieder Haare wachsen. Tina ist wirklich ein Biest.

Vertrau auf das Glück und die kleinen Wunder. Sie passieren. Heimlich schleichen sich Sams Worte in mein Unterbewusstsein. Aber langsam glaube ich einfach, dass es das nur in Büchern gibt.

Ich blicke mich um und überlege, wie ich jetzt am besten das Weite suchen kann, als mir plötzlich die rettende Idee kommt. Meine Cupcakes. Deswegen bin ich ja eigentlich hier, also werde ich nun mal wieder nach dem Rechten sehen.

Irgendwie schaffe ich es, den Ärmel von Teos Sakko zu erwischen, und ich zupfe kurz, aber heftig daran. »Ach Teo, es tut mir leid, aber ich werde kurz gebraucht. Ich bin gleich wieder da«, rufe ich, und ehe er etwas entgegnen kann, nutze ich die Gelegenheit, um eilig in der Menge zu verschwinden.

Kurz bevor ich das Buffet erreiche, steht Tina auch schon vor mir. »Na, habt ihr euch gut verstanden? Er ist was für dich, hab ich recht? Was meinst du, Matthias?«

Matthias tritt mit einem Glas Champagner in der Hand neben sie, und sofort schmiegt sie sich an ihn. Ich muss schlucken. Denn auch wenn er der absolute Idiot ist, er hat wirklich hübsche blaue Augen. Augen, in die ich mich verliebt hatte und von denen ich geglaubt hatte, dass sie ehrlich sind. Doch ich hatte mich getäuscht, aber so was von.

Matthias nickt nur und wendet sich dann rasch ab. Wut macht sich in mir breit. Wie konnte ich jemals mit diesem Blödmann zusammen gewesen sein?

»Ähm, ja, ganz nett«, presse ich über meine Lippen. »Ich werde dann mal nachsehen, ob mit den Törtchen alles in Ordnung ist.«

Tina nickt. »Stimmt. Eigentlich bist du ja nicht hier, um dich zu vergnügen.« Sie kichert, und ich schlucke erneut. »Die Lavendelcupcakes sind schon beinahe weg, fülle doch mal welche auf.«

»Okay, das mache ich.« Dann nehme ich meinen ganzen Mut zusammen und frage: »Sind denn alle zufrieden?«

»Nun, du hast wirklich alles ordentlich gemacht. Meine Freundinnen lieben deine Leckereien. Eines muss man dir lassen, Elisa, backen kannst du.«

Ich glaube gar nicht, was ich da höre. Aus Tinas Mund ist das tatsächlich als Kompliment zu werten. Ich lächle, und meine Wangen werden ganz warm. »Danke, Tina. Es wäre super, wenn du ihnen meine Bäckerei empfiehlst. Sag ihnen einfach, dass die Törtchen von der *Bäckerei Mandelzucker* sind und dass wir nur natürliche Zutaten verwenden, keine Zusatzstoffe. Und bei uns ist alles reine Handarbeit.«

»Ja sicher, Schätzchen. Übrigens, ich selbst hätte auch gerne noch mal so viele für unseren Brunch nächste Woche.«

Mein Herz hüpft vor Freude ein Stück höher. So blöd Tina auch ist, am Ende lohnt sich die ganze Prozedur hier wirklich.

»Klasse, Tina, danke schön. Ich schreibe dann die neue Lieferung gleich mit auf die Rechnung.«

»Rechnung?« Belustigt hebt sie eine ihrer sorgfältig gezupften Augenbrauen.

Ich nicke. »Ja klar, das waren immerhin fünfhundert ...«

Doch sie hebt die Hand und zieht die Stirn kraus – soweit es ihr botoxgespritztes Gesicht zulässt. »Was meinst du mit Rechnung?« Sie lächelt überheblich, dann tritt sie ganz nahe zu mir heran und raunt mir ins Ohr: »Das hier, meine liebe Elisa, war eine Eintrittskarte für dich, der Zugang zu einer Welt, die dir sonst für immer verborgen geblieben wäre. Wenn ich etwas empfehle, ist das Gold wert. Das hier ist Publicity für dich. Also echt, da bezahle ich nichts. Sag jetzt nicht, dass dir das nicht klar war!« Sie tritt wieder einen Schritt zurück und sieht mich an, als wäre ich ein absolutes Dummerchen. Das kurze Grinsen in ihrem Gesicht bestätigt meine Vermutung noch.

Das war also ihr Plan? Mich zu schikanieren und umsonst arbeiten zu lassen?

Ich bin total überfahren. »Also …« Ich weiß, was ich eigentlich sagen sollte, dass sie gefälligst zu bezahlen hat. Aber mir bleiben die Worte im Mund stecken, so überrumpelt fühle ich mich in diesem Moment.

»Wunderbar, meine Liebe. Dann haben wir das ja geklärt. Also husch, husch, Buffet auffüllen!« Sie grinst mir noch einmal zu, und gerade als ich beschließe, ihr die Meinung zu sagen, weil ich das absolut nicht auf mir sitzen lassen will, entdeckt sie eine Frau mit einem merkwürdigen grünen Hut in der Menge und jauchzt: »Oh Susanne, Liebes, du siehst ja bezaubernd aus! Warte, ich komme zu dir!«

Schon schwebt sie davon und lässt mich mit meiner unsagbaren Verblüffung alleine zurück.

»Sag jetzt nicht, dass dir das nicht klar war«, äffe ich Tina nach, als ich die Küche betrete. Vor Wut würde ich am liebsten alles kurz und klein schlagen.

Von wegen schlimmer geht es nimmer. Es geht absolut schlimmer. Das ist der Untergang.

Wir bleiben auf den Kosten für tausend Törtchen sitzen, in der Hoffnung, dass es uns Folgeaufträge bringt. Aber mit Hoffnung kann man keine Pacht bezahlen. Und den Kaufpreis für den Laden erst recht nicht. Nein, absolut nicht.

Ich könnte mir selbst eine Ohrfeige verpassen. Wie kann man nur so doof sein? Warum habe ich Tina blind vertraut und nicht schon vorher das Finanzielle geklärt? Manch einer würde jetzt mit den Augen rollen. Ja, ich war zu naiv, das ist mir mittlerweile auch klar geworden.

»Es ist wirklich zum Kotzen!«, fluche ich und versuche, die Tränen zu unterdrücken. Doch dann ermahne ich mich selbst: Lass dir jetzt bloß nichts anmerken, Elisa, da musst du erhobenen Hauptes durch.

Um mich selbst ein wenig aufzumuntern, nehme ich einen der hübschen Lavendelcupcakes vom Tablett. Ich liebe diese neue Kreation einfach. Das Rezept habe ich in einem von Omas Büchern gefunden und noch ein bisschen verfeinert.

»Törtchen sind die beste Medizin, sie wirken manchmal wahre Wunder. Und die sind gar nicht so unwahrscheinlich, wie manch einer denken mag. Schließ die Augen und wünsch dir was, dann können sie geschehen«, erinnere ich mich an die Worte meiner Oma. Sie hat sie immer zu mir gesagt, wenn mir etwas wehtat, wenn ich traurig war und dachte, es geht nicht mehr weiter. Natürlich war ich damals noch ein Kind, aber irgendwie ist es tröstlich, gerade jetzt daran zu denken.

»Ach Oma, ich hoffe, du hattest recht«, flüstere ich und seufze tief.

Schließlich belade ich die silberne Servierplatte neu, ordne die Cupcakes darauf an und gehe zurück nach draußen.

Als ich meine Platte durch die Menge balanciere und schon unmittelbar vor dem Buffet angekommen bin, bekomme ich plötzlich einen heftigen Schubs in den Rücken.

Aua. Das tat jetzt doch ziemlich weh. Aber nicht nur das. Durch den Stoß komme ich ins Taumeln. Krampfhaft versuche ich, die Törtchen festzuhalten, doch es gelingt mir nicht, und ich falle mitsamt der vollen Servierplatte nach vorne. Ich kann an nichts anderes mehr denken, als dass ich gleich inmitten meiner Törtchen mit dem hübschen, für mich unbezahlbaren *Patrizia Pepe*-Kleid auf die Nase falle.

Doch auf einmal fängt mich jemand auf. Ich lande nicht auf dem Boden, sondern in starken Armen, und als ich aufsehe, blicke ich in das Gesicht eines Mannes mit unbeschreiblich grauen Augen. Ich versuche, die Fassung wiederzuerlangen, aber das ist in diesem Chaos gar nicht so leicht.

Scheinbar haben nur ein paar Gäste meinen Beinahe-Sturz mitbekommen. Zum Glück. Trotzdem ist der Anzug des Mannes ruiniert, und auch mein Kleid hat etwas abbekommen.

»Oh, das tut mir wirklich leid.«

Ich trete zurück und starre auf den eleganten dunklen Anzug, der jetzt voller Lavendelcreme, Kuchenkrümel und Mandelstückchen ist. Mein Blick wandert weiter nach oben und bleibt erneut an seinen Augen haften. Unglaublich grau sind sie und wirklich hübsch. Fast wie ein leichter Regenguss. Wie ein Nebelhauch, der über eine grüne Wiese wandert. Dazu die dunklen Haare, ein leichter Bartschatten. Und als ich schließlich auch noch seine vollen Lippen betrachte, spüre ich ein Kribbeln, das sich nicht nur deshalb in mir ausbreitet, weil ich wegen meines Missgeschicks durcheinander bin.

»Bitte entschuldigen Sie«, stammle ich, »das war ungeschickt. Ich bin gestolpert und …«

Er lächelt mich an, und mein Herz klopft viel zu schnell in meiner Brust. »Schon in Ordnung, halb so schlimm.« Seine Stimme klingt rau und irgendwie verführerisch. Und nicht nur das, es ist eine Stimme, die mir bis in den Bauch dringt.

Ich muss irgendwas tun, um ihn nicht so anzustarren. Also greife ich nach einer Serviette, die neben mir am Buffet liegt, und tupfe über seine Brust.

Dieses Flattern in meinem Bauch macht mich ganz kirre!

»Ähm, ich dachte, damit sie nicht eintrocknet. Also die Creme«, erkläre ich, während meine Wangen ganz heiß werden. Was rede ich denn da?

Er greift nach meiner Hand und sieht mich an, doch das macht es nicht besser, im Gegenteil. »Danke, das ist schon okay. So schlimm ist es ja nicht. Sie hingegen hat es übler erwischt.«

Wie meint er das?

Er zeigt auf mein Dekolleté, und ich senke den Kopf. Na bravo, ich habe mein schönes - geliehenes - Kleid total ruiniert. Es ist ebenfalls übersät mit Creme, Kuchenkrümeln und Mandeln, als hätte ich mir eine ausgelassene Tortenschlacht geliefert. Ich sehe schrecklich aus. Wie peinlich.

»Oh nein, das habe ich gar nicht bemerkt!« Hektisch tupfe ich über die schwarze Spitze, die den Rand meines Ausschnitts säumt. Warum muss ausgerechnet mir das passieren? Nie und nimmer kann ich für den Schaden an dem Kleid aufkommen. Sam wird meinetwegen richtig Ärger bekommen.

Ich muss wohl ziemlich verzweifelt aussehen, denn mit einem Mal hebt er mein Kinn mit zwei Fingern hoch und sieht mich durchdringend an. »Alles in Ordnung?« Seine Augen liegen so sanft auf mir, dass ich am liebsten sofort darin versinken würde.

Ich räuspere mich. »Ja, ja, alles gut. Machen Sie sich keine Gedanken«, antworte ich rasch und versuche, meine Stimme so fest wie möglich klingen zu lassen.

Doch als ich dann auch noch das Chaos am Boden entdecke, ist es dahin mit meiner Fassung, und mir entfährt ein ganz merkwürdiges Geräusch. Es hört sich an wie ein Lachen, Weinen und Kichern zugleich. Tina wird ausflippen – und sich bestimmt auch aus Schadenfreude schieflachen –, Sam wird ihren Job verlieren und Tante Helene auch. Von mir und meiner Zukunft wollen wir mal gar nicht erst anfangen.

»Ach, mir geht es ganz wunderbar! Hier sieht es aus, als ob eine Bombe eingeschlagen hätte. Ihr Anzug ist ruiniert, mein Kleid, mein Laden, mein Leben …« Okay, ich bekomme gerade einen Nervenzusammenbruch. »Aber sonst ist alles sehr, sehr gut!«

Ich gehe auf die Knie, um die restlichen Kuchenkrümel aufzusammeln, aber alles erwische ich natürlich nicht. Stattdessen sollte ich mich lieber um Schaufel, Besen und ein feuchtes Wischtuch kümmern, bevor Tina das Malheur noch bemerkt. Denn dann hätte ich in Sachen Rechnung sowieso keine Chance mehr. Sicherlich würde sie argumentieren, dass ich sie hier blamiert habe oder so etwas in der Art. Ihr würde schon etwas einfallen. Am Ende wird sie am längeren Hebel sitzen als ich. Natürlich.

Oh Mann, ich will einfach nur noch weg. Oder nein, lieber hier an Ort und Stelle im Boden versinken.

Zum Teufel mit Schaufel und Besen, denke ich mir. Bis ich das aufgetrieben habe, hat Tina sowieso alles entdeckt. Also bemühe ich mich doch, die Reste mit den Händen einzusammeln und in ein paar Servietten unterzubekommen. Irgendwie gelingt es mir sogar. Vollbepackt stehe ich auf, immer noch spürbar rot um die Wangen, und erhasche einen letzten Blick auf die Augen des Mannes, mit dem ich zusammengestoßen bin.

»Ähm, also schönen Abend noch, und es tut mir wirklich unglaublich leid«, stottere ich, ehe ich in Richtung Küche verschwinde und erst mal durchatme.

So ein Mist, echt. In meinen Augen brennt es. Ich werfe den Cupcakematsch in den Müll und lasse mich auf einen Hocker fallen.

Dieser Abend ist einfach nur schrecklich. Und genauso schrecklich ist mein ganzes Leben.

Das ist doch verrückt

»Hey, wie war es?«

Sams fröhliche Stimme zaubert mir ein kleines Lächeln ins Gesicht – oder vielleicht ist es auch das zweite Glas Sekt, das ich mir nach dem ganzen Chaos gegönnt habe. Kann auch sein.

»Einfach unglaublich mies. Ja, das trifft es. Mies, mies, mies«, murre ich, während ich die Servierplatten aufeinanderstaple und in die Transportkisten räume. »Ehrlich, mich kotzt das nur noch an. Wir haben uns alle so den Hintern aufgerissen, doch Tina sieht es nicht ein, dafür zu bezahlen. Sie meint, es sei Publicity und eine Ehre für mich, sie beliefern zu dürfen. Pffff! Als ob sie diese scheiß Kardashian wäre!«, nuschle ich ins Telefon. Mein Kopf ist schwer, aber meine Zunge leicht.

»Den Arsch dazu hätte sie ja mal«, versucht Sam, mich aufzuheitern.

Ich lächle auch für einen kurzen Moment, ehe ich wieder zu schniefen beginne. »Wir haben uns solche Mühe gegeben. Und jetzt? Nichts, nada. Kein Geld. Ich würde sie am liebsten …«

»Du schreibst trotzdem eine Rechnung, und wenn sie die nicht bezahlt, dann verklagen wir sie«, sagt Sam bestimmt.

Aber ich weiß, dass ich dabei keine Chance hätte. Selbst schuld, wenn man so blöd ist und vorab nichts schriftlich vereinbart.

»Vergiss es, Sam. Das würde einen Riesenaufriss geben. Ich habe das Ganze verbockt. Dabei hätte ich es mir doch denken können.« Ja, ich könnte mir wirklich selbst in den Hintern beißen. Gerade bei Tina hätte ich doppelt vorsichtig sein müssen.

»Ach Süße, das tut mir so leid. Ich hatte so sehr gehofft, dass der Abend heute ein Erfolg wird. Gab es denn sonst keinen einzigen Lichtblick?«

Als Sam die Worte ausspricht, denke ich an den Mann im Anzug, an seine grauen Augen, die mir nicht mehr aus dem Kopf gehen. Er war ein Lichtblick, ja, ein winzig kleiner. Aber als ob so ein Mann sich mit mir abgeben würde. Schon gar nicht, nachdem ich mir diesen peinlichen Auftritt vor ihm geleistet habe. Warum sollte er auch? Und dann ist da ja auch noch die Tatsache, dass ich seinen Anzug total ruiniert habe.

»Na ja, einen gab es schon«, antworte ich zögernd. »Aber den habe ich auch versaut. Wie alles in meinem Leben.«

»Wieso, was war denn? Du hast doch nicht etwa einen gut aussehenden Mann getroffen?«

»Doch, er war echt ein Hingucker. Aber ich bin mit einem vollen Tablett Cupcakes in ihn hineingerannt und habe seinen Anzug ruiniert.« Ich beiße in einen der letzten Cupcakes und lasse den Geschmack von Butter, Mandeln und Lavendel, der mich immer wieder beruhigt, auf der Zunge zergehen. »Danach habe ich mich eigentlich nur noch in der Küche verkrochen, und das war auch besser so. Wer weiß, was ich sonst noch angerichtet hätte. Für meine Törtchen hat sich auch kein neuer Kunde interessiert.«

»Aber wie kann man diese süßen Leckereien nicht mögen? Sie sind mit so viel Liebe gebacken.«

Ich seufze. »Ach, Sam. Ich hatte echt gehofft, Aufträge an Land ziehen zu können. Doch Tina war dabei gar keine Hilfe. Von wegen Publicity. Pfff! Wenn sie mich überhaupt mal jemandem vorgestellt hat, kam am Ende doch nur: ›Gut, gut, ich nehme mal Ihre Karte.‹ Bei dem Gedanken, wie viel wir in diesen Auftrag investiert haben und dass es sich am Ende gar nicht gelohnt hat, wird mein Herz ganz schwer. Und dann … Sam, ich muss dir noch was beichten. Da ist ja auch die Sache mit dem Kleid.« Ich blicke auf den großen hellen Cremefleck an meinem Dekolleté und schniefe. »Es tut mir so leid. Ich habe es ruiniert, als ich mit dem Typen zusammengestoßen bin. Aber mach dir keine Sorgen, ich bekomme das wieder hin, irgendwie …«

Doch ich weiß gerade absolut nicht, wie ich überhaupt noch irgendetwas hinbekommen soll.

Ob noch ein wenig Sekt hilft? Na ja, ein winziger Schluck geht schon noch. Ich schenke mir ein Glas ein, kippe es hastig hinunter und warte auf einen Anschiss.

Doch der kommt nicht. Denn Sam sagt nur: »Ach was, mach dir keinen Kopf, ich regle das schon. Das Kleid gebe ich in die Reinigung, und gut ist es. Alles halb so wild.«

Ich versuche, den Kloß in meinem Hals hinunterzuschlucken. Sam ist wirklich ein Schatz. Sie steht mir immer zur Seite. Man muss sie einfach lieb haben.

»Du weißt schon, dass ich froh bin, dich zu haben, oder? So unglaublich froh. Was würde ich nur ohne dich machen? Ich meine, schon allein die Tatsache, dass du mir trotz deines Jobs in der Boutique immer wieder unter die Arme greifst … Du bist wirklich ein Engel.«

»Hast du Sekt getrunken? Du bist so rührselig«, fragt sie, und ich höre an ihrer Stimme, dass sie lächelt.

»Nur drei winzige Gläser.« Ich seufze. »So, nun habe ich alles eingepackt. Ich bringe jetzt mal alles zum Auto und rufe mir dann ein Taxi. Man gönnt sich ja sonst nichts. Wenn der Abend schon mit Miesen enden soll, dann wenigstens richtig.«

Sam kichert. »Das ist die richtige Einstellung.«

Mit dem Telefon hinters Ohr geklemmt verlasse ich die Küche und sehe mich im Partyraum um. Viele Gäste sind nicht mehr da, ein paar Männer stehen an der Bar, und ich ertappe mich dabei, wie ich nach dem Anzugträger Ausschau halte.

»Sieh es doch einfach mal so, für irgendwas war der Abend schon gut. Irgendwann wirst du zurückblicken und erkennen, dass diese dumme Tina eine Kettenreaktion in Gang gesetzt hat, die du jetzt nur noch nicht begreifst, die aber nötig war. Wie heißt es so schön? Was passieren muss, das passiert«, sagt Sam.

Ich atme tief durch. »Woher nimmst du nur immer die Kraft, alles so locker und positiv zu sehen? Ich will was davon abhaben.«

Sie lacht. »Wenn du alles nur negativ siehst, verpasst du ja das Gute.«

Sie hat recht, aber im Moment habe ich das Gefühl, in einer unüberwindbaren Sackgasse zu stecken. Und so spreche ich, gerade als ich zum Ausgang komme, das aus, was mir wie ein Stein auf der Seele liegt: »Sam, wenn kein Wunder passiert, dann war es das mit der Bäckerei. Dann ist es aus. Ich weiß nicht, woher ich das Kapital für den Kauf des Ladens nehmen soll.«

Ich hoffe, dass Sam mir nun irgendetwas sagen kann, das es besser macht. Aber ich muss mir schlichtweg eingestehen, dass ich es wahrscheinlich nicht schaffen werde, meinen Laden zu halten.

Sofort fange ich wieder an zu schniefen. Blöder Alkohol. Blöder Abend. Mein Kopf schwirrt. Ich bin erschöpft und habe einfach die Nase voll.

Nicht einmal die frische Luft draußen schafft es, dass ich wieder wacher werde. Hundemüde schließe ich meinen Lieferwagen auf, stelle die Kisten hinein, bevor ich die Tür wieder zuschlage.

»Was soll ich jetzt nur tun? Es muss doch möglich sein, irgendwo Geld aufzutreiben«, jammere ich ins Telefon, während ich in den Himmel blicke. Die Sterne funkeln wie Zuckerkristalle, sehen aus wie kleine Hoffnungslichter, und ich wünschte, ich könnte eines davon greifen.

»Glaub mir«, sagt Sam, »wir finden eine Lösung. Es gibt immer einen Weg, auch wenn du ihn jetzt nicht gleich erkennst.«

»Du hast zu viele kitschige Filme gesehen, meine Liebe. Es hat keinen Sinn mehr. Wunder und Traummänner, die gibt es vielleicht im Kino oder in Büchern. Aber das hier ist das reale Leben, das habe ich schon begriffen.«

»Jetzt rede keinen Unfug. Uns wird was einfallen, du wirst sehen. Und jetzt rufst du dir ein Taxi und siehst zu, dass du nach Hause ins Bett kommst.«

Plötzlich fühle ich etwas Schmieriges unter meinem Schuh, und ein kurzer Schrei entweicht meiner Kehle.

»Alles okay?«, fragt Sam besorgt.

Nichts ist okay. Aber ich kann jetzt nicht mehr. Also fange ich an zu lachen, und meine Stimme klingt ein wenig zu schrill. »Nichts Wichtiges, ich bin nur in einen Hundehaufen getreten.«

Das ist doch echt nur noch verrückt, was mir heute Abend alles passiert.

»Du musst es mal so sehen«, erwidert Sam trocken. »Man sagt ja auch, Scheiße bringt Glück. Also, je mehr davon am Schuh klebt, umso glücklicher wirst du in der Zukunft.«

»Ha, ha, ha, tolle Theorie! Das ist nicht komisch!«

Sie kichert. »Finde ich schon. Also komm gut heim. Wir legen jetzt auf, damit du dir ein Taxi rufen kannst. Melde dich, wenn du zu Hause bist, ja?«

»Hm, ja, mache ich«, murre ich, und wir beenden das Gespräch.

So ein Mist. Ich bin wirklich wütend. »Echt danke, liebes Leben. Für nichts!«, schimpfe ich, während ich mit dem Schuh über den Randstein fahre und versuche, die Scheiße auf diese Weise loszuwerden.

Doch dann besinne ich mich. Vielleicht ist es ja wirklich für etwas gut. Vielleicht gibt mir die Scheiße jetzt einen Grund, um noch mal hineinzugehen. Ich werde sie mir auf der Toilette vom Schuh waschen und danach Tina suchen, um ein ernstes Wörtchen mit ihr zu reden.

Während ich also wenig später zurück in der Villa bin und meinen Schuh unter das fließende Wasser im Waschbecken halte, überlege ich mir alles Mögliche, was ich zu Tina sagen könnte. Ich meine, so geht das doch nicht. Sie kann Matthias gerne haben. Aber sie bezahlt die Rechnung. Schließlich hat sie ja auch eine Leistung dafür bekommen.

Als ich den Schuh getrocknet habe, betrete ich frohen Mutes noch einmal den Partyraum und sehe mich suchend nach Tina um, finde sie aber leider nirgendwo. Die Anzugträger stehen noch immer an der Bar, während einer tanzt. Natürlich Teo ohne H. Ach ne, der hat mir gerade noch gefehlt. Hoffentlich entdeckt er mich nicht. Schnell drehe ich mich weg.

Dann passiert es. Ganz unerwartet steht er vor mir, und meine Beine werden weich wie Butterteig. Der Anzugträger mit dem ruinierten Jackett, den grauen Augen und diesen unglaublichen Lippen.

Ich muss schlucken. Er sieht wirklich unheimlich heiß aus. Zum Anbeißen gut.

Bitte was? Habe ich das gerade wirklich gedacht? Nachricht an mich: keinen Alkohol mehr, Elisa!

Schnell schiebe ich den albernen Gedanken beiseite. Zum Anbeißen hin oder her – ein Mann wie er ist entweder bereits vergeben, oder er hat jeden Tag eine andere, die ihn anbeißt. Und ja, ich sehne mich zwar nach Zärtlichkeiten, aber ich suche niemanden für nur eine Nacht. Ich suche die wahre Liebe, jemanden, der mich hält, der für mich da ist, der mir sagt, dass alles gut wird, auch wenn ich längst nicht mehr daran glaube, der alles an mir mag und sich nicht an meinen Fehlern stört. Innerlich muss ich lachen. Ja sicher, als ob man solch einen Mann so leicht findet. Nicht gerade wahrscheinlich. Den müsste man sich wohl erst backen.

Aber dennoch. Eine Nacht einfach mal nicht alleine sein, sondern geliebt werden. Berührt und geküsst werden, als würde es kein Morgen geben.

Himmel, der Sekt tut mir wirklich gar nicht gut. Und überhaupt, warum sollte ein Mann wie er Interesse an mir haben – ob für eine Nacht oder nicht.

»So sehen wir uns also wieder.« Seine raue Stimme reißt mich aus meinen Gedanken. Wie peinlich. Sicher habe ich ihn viel zu lange angestarrt.

»Ja.« Etwas Besseres fällt mir leider nicht ein. Doch ich muss irgendwas sagen. »Ähm, zum Glück nicht so schlimm, die Flecken«, antworte ich schließlich unbeholfen und deute auf seinen Anzug.

Er nickt. »Alles halb so wild. Und bei Ihnen? Geht's wieder? Sie wirkten so aufgebracht.« Sein Blick durchdringt mich. Wie er duftet, nach Holz, herb, warm und kühl zugleich und so männlich. Sofort schlägt mein Herz schneller.

»Ja, alles gut. Der Abend ist überstanden, ich bin schon so gut wie auf dem Heimweg.«

Er tritt noch ein wenig näher an mich heran, und ich höre kurz auf zu atmen. »Sie haben da übrigens noch was an Ihrem Kleid.«

»Ehrlich?« Ich blicke hinunter auf mein Dekolleté – ein Rest Lavendelcreme, den ich übersehen haben muss. »Oje, danke.« Ich wische mir über das Kleid, jetzt ist es ohnehin schon egal. »Also, dann machen Sie es gut.«

Gerade will ich mich an ihm vorbeischieben und noch mal seinen Duft einatmen, als ich Teo ohne Haar und H aus dem Augenwinkel entdecke. Er steuert direkt auf mich zu, hebt die Hand und winkt. Bitte nicht!

»Elisa, du Hübsche, da bist du ja! Ich warte schon die ganze Zeit auf dich, wir wollten doch tanzen«, ruft er und zwinkert mir unaufhörlich zu.

Was mache ich jetzt nur?

»Oh nein!«, flüstere ich reflexartig, und der Anzugträger sieht mich fragend an. Da sprudelt es auch schon aus mir heraus: »Der Typ ist einfach schrecklich. Tina, diese Schnepfe, wollte mich mit ihm verkuppeln. Er hat mich vorhin schon eine gefühlte Ewigkeit in Beschlag genommen. Das überlebe ich nicht. Ich will ihn einfach nur loswerden, aber wie soll ich …«

»Hm, ich habe da vielleicht eine Idee.« Seine Stimme ist rau, und meine Augen treffen seine.

»Ach ja? Und welche?«

»Ich rette Sie.« Wie ihm die Worte über die Lippen kommen …

Er will mich retten? Wie meint er das?

Doch ich komme nicht mehr dazu, darüber nachzudenken, denn er greift nach meiner Taille, und sofort spüre ich eine unglaubliche Gänsehaut, die sich bis in meine Zehenspitzen ausbreitet. Ich versinke im Grau seiner Augen, das jetzt immer näher kommt. Seine Lippen sind nur noch wenige Zentimeter von meinen entfernt.

»Dann werde ich Ihnen mal helfen, den Kerl loszuwerden.«

Mein Herzschlag beschleunigt sich. Was hat er vor?

Eine Sekunde später weiß ich, was es ist, denn da spüre ich schon seine vollen Lippen, die sich auf meine legen. Ich verliere den Boden unter den Füßen, mein ganzer Körper droht zu schmelzen, und mich durchfährt ein solches Beben, das ich so noch nie gespürt habe. Es ist ein Kuss, der einem die Luft raubt und einen gleichzeitig darin trägt. So intensiv, dass ich glaube, darin zu versinken. Mein Verstand setzt völlig aus.

Er schmeckt so gut, etwas herb, aber süß, so wie mein Lieblingscupcake. Oh Gott, ich will mehr! Meine Arme schlingen sich wie von selbst um seinen Nacken.

Was tue ich denn da?

Keine Ahnung, was mit Teo ist. Mir auch total egal. Was die Leute von uns denken, interessiert mich ebenfalls nicht. Gerade zählt nur noch dieses Gefühl. So bin ich noch nie in meinem Leben geküsst worden. Ohne es zu wollen, drücke ich mich gegen ihn, gegen seinen starken Körper, und als ich seine harte Brust an meiner spüre, seufze ich auf.

»Wow«, keucht er etwas atemlos, als wir kurz innehalten. Sein Blick durchdringt mich.

»Tut mir leid«, flüstere ich. »Ich weiß gar nicht, was da über mich gekommen ist.«

Er will irgendwas antworten, als plötzlich eine Stimme zu uns durchdringt. »Junge Liebe ist doch etwas Schönes«, sagt ein nicht mehr ganz junger Mann hinter ihm und lächelt uns zu.

Dann gesellt sich ein zweiter hinzu. »Ah, Ludwig, das ist sie also, Ihre Verlobte?«

Neugierig mustern mich die beiden.

»Ihre Verlobte ist hinreißend. Schön, dass Sie doch noch kommen konnten. Marina, nicht wahr?«

Ich bin irritiert. Was soll ich jetzt sagen?

Aber da reicht mir der Erste schon die Hand. »Hilbert, Christian Hilbert«, stellt er sich vor.

»Und ich bin Felix Siebert«, sagt der andere, und ich darf ebenfalls seine Hand drücken. »Wir haben schon gedacht, unser Ludwig hat Sie nur erfunden, weil er Sie unter Verschluss hält wie einen Schatz. Nun, schön, dass es Sie wirklich gibt!« Er lacht, und ich verziehe verlegen ein wenig die Lippen, auf denen eben noch Ludwigs Kuss geprickelt hat.

»Nun, wir müssen dann mal los«, erklärt Herr Hilbert. »Unser Flug in die Staaten geht morgen ganz früh. Aber danke, dass Sie uns auf die Party mitgenommen haben, Ludwig. Wir sehen uns ja in einer Woche auf Schloss Birkenhof, um hoffentlich alles in trockene Tücher zu bekommen.« Er lächelt mir zu. »Marina, wir freuen uns, auch Sie dort besser kennenzulernen.«

Ein letztes Nicken, dann verlassen die beiden den Raum.

Als sie weg sind, sehe ich Ludwig an. Ich verstehe noch gar nicht, was da eben passiert ist. »Ludwig und Marina also?«

Er atmet tief aus. »Nun, ich schätze, jetzt benötige ich Ihre Hilfe.«

»Wie meinen Sie das?«

»Sie müssten mich in einer Woche für ein paar Tage begleiten.« Seine Augen fixieren mich.

Meint er das ernst? Ich soll ihn begleiten, auf dieses Schloss Birkenhof? Wo ist das überhaupt?

»Ich weiß, das alles klingt verrückt. Aber ich brauche Sie, und ich werde Sie natürlich auch dafür entlohnen. Sehr großzügig entlohnen.«

Hat er gerade *großzügig* gesagt? Das kann doch nur ein Witz sein, das ist doch nicht echt. Wo ist die versteckte Kamera?

Aber er scheint es wirklich ernst zu meinen.

Ich werde Sie natürlich auch dafür entlohnen. Sehr großzügig entlohnen.

Als ich etwas später im Taxi sitze, hallen seine Worte noch immer durch meinen Kopf.

Das Ganze ist doch verrückt. Einfach nur verrückt.

»Nein, es ist ein Wunder. Das Wunder, auf das du immer gewartet hast«, wird Sam mir später sagen.

Und sie sollte recht behalten.

Wunder erleben nur diejenigen,
die an Wunder glauben.

Erich Kästner

Die Hand des Retters

»Zehntausend Euro?«, kreischt Tante Helene zum wiederholten Mal, als wir am nächsten Tag nach Feierabend zusammen in der Bäckerei sitzen und ich ihr und Sam die Geschichte bis ins letzte Detail erzähle. Vor uns steht heißer Kakao mit Sahne, und der Duft von frisch gebackenem Kuchen zieht mir in die Nase.

Das alles ist noch immer so unwirklich, und ich kann es, um ehrlich zu sein, auch noch gar nicht fassen. »Es ist einfach so was von unwahrscheinlich, dass so was passiert!«

»Und ob es das ist. Ich meine, zehntausend Euro sind ja nicht irgendwas.« Tante Helene scheint vor Aufregung beinahe vom Stuhl zu fallen, doch Sam tätschelt ihr beruhigend die Hand.

»Ich bin auch noch so überfahren«, sage ich. »Dass einer so viel Geld ausgibt, damit ich ihn auf ein Geschäftstreffen in ein Nobelhotel begleite und dort seine Verlobte spiele, das ist doch total bescheuert.«

»Na ja, nachdem diese Geschäftspartner dich mit ihm gesehen haben, kann er schlecht eine andere Frau nehmen. Die halten dich ja jetzt für seine Verlobte, und es scheint wohl wichtig zu sein, dass er eine hat, warum auch immer«, überlegt Sam. »Was mich zu der Frage bringt, was mit der echten Verlobten ist.«

»Gute Frage«, antworte ich.

Und Tante Helene fügt hinzu: »Ich denke, die hatte er nur erfunden, doch dann wurdet ihr zusammen erwischt. Pech für ihn, Glück für dich.« Sie ist jetzt völlig aus dem Häuschen. »Das ist ja wie im Märchen. Weißt du, Elisa, so fangen alle tollen Bücher an. Und die Filme auch. Denk nur mal an *Pretty Woman*. Hallo, da ist ja wohl Richard Gere auch angebraust gekommen.«

Na ja, so märchenhaft fand ich das gestern Abend nicht. Wie ich in meinem törtchenverschmierten Kleid und mit Scheiße am Schuh angebraust kam, wird sicher nicht in die Geschichte eingehen. Bis auf den Kuss, der war gefühlt wirklich filmreif.

Als könnte Sam meine Gedanken lesen, fragt sie mich ausgerechnet in diesem Moment: »Jetzt erzähl doch mal, wie war dieser Kuss?«

Automatisch greife ich mir an den Mund. Ich spüre noch immer dieses Kribbeln, das Ludwigs Lippen auf meinen ausgelöst haben, und dieses heftige Beben in meinem Brustkorb. »Es war wirklich unglaublich«, sage ich leise.

Tante Helene nimmt einen Bissen von den Pistaziencupcakes, die ich auf einer blassrosa Etagere angerichtet habe. »Und wie kam es noch mal zu diesem Kuss?«

»Na ja, wegen Tina. Sie wollte mich doch mit diesem furchtbaren Kerl verkuppeln, diesem Teo ohne H.«

»Und ohne Haar.« Sam kichert. »Das klingt echt zu lustig. Okay, und dann?«

»Nachdem wir telefoniert hatten, bin ich zur Toilette, habe meine Schuhe sauber gemacht und dann beschlossen, mit Tina noch mal ernsthaft wegen der Bezahlung zu reden. Plötzlich stand Ludwig vor mir. Wir sprachen kurz miteinander, dann kam dieser Teo, und Ludwig hat mich mit seinem Kuss vor ihm gerettet.«

Tante Helene stützt das Kinn auf ihrer Hand ab und seufzt. »Wie romantisch.«

»Und jetzt musst du sozusagen ihn retten?«, will Sam wissen.

»So in der Art«, sage ich, während ich am Topping meines Cupcakes lecke.

»Ach Süße, das klingt doch toll. Das wird bestimmt ein Abenteuer.«

»Ja, aber ich weiß nicht … Wie mache ich es denn mit dem Laden? Kann ich euch damit alleine lassen? Und irgendwie ist es auch zu verrückt, ich kenne diesen Ludwig doch gar nicht.« Ich stoße einen tiefen Seufzer aus. »Ich meine, was wenn …«

Sam winkt ab. »Also, um den Laden brauchst du dir keine Gedanken zu machen, das schaffen Helene und ich alleine. Ich werde mir, soweit es geht, in der Boutique frei nehmen, ich sollte sowieso mal Überstunden abbauen. Aber was meinst du mit *was wenn*?«

Tante Helene nickt heftig und antwortet an meiner Stelle: »Ja, was wenn er am Ende so ein Typ wie Christian Grey ist? Und wenn das nur ein Trick ist, um dich irgendwohin zu entführen, weil er dich haben will? Und dann …«

Wie bitte? Meine Tante kennt *Shades of Grey*? »Dann was?«, frage ich ungeduldig.

»Dann sperrt er dich in so ein Spielzimmer.« Ihre Wangen werden rot.

Ich glaube, gerade geht ihre Fantasie mit ihr durch. Dieser Christian hat doch Ana gar nicht entführt, oder? Trotzdem habe ich plötzlich ein flaues Gefühl im Bauch. Hektisch knibble ich an meinen Fingernägeln und ertappe mich dabei, wie ich mir auf die Lippe beiße.

»Oh, du tust es schon!«, ruft Tante Helene sogleich.

»Was meinst du?«

»Dir auf die Lippe beißen, genau wie Ana. Sehr gefährlich. Wenn du das gestern auch gemacht hast, dann …«

Sam lacht und stupst Tante Helene in die Seite. »So ein Unfug! Jetzt mach sie nicht ganz verrückt. Hallo, das ist ein Buch! Reine Fiktion!«

»Aber es stimmt schon«, überlege ich. »Was, wenn er wirklich ein totaler Irrer ist, der mich irgendwohin verschleppt?« Ich muss schlucken. »Denn im Prinzip gehe ich ja mit einem völlig Fremden mit.«

»Schluss jetzt!« Sam sieht mich ernst an und schüttelt den Kopf. »Das ist ein Geschäft, mehr nicht. Das hat er dir auch gesagt. Und was eigentlich viel wichtiger ist, es ist eine Chance, um die Bäckerei zu retten. Je mehr eigenes Kapital du aufweisen kannst, umso eher gibt dir die Bank einen Kredit.«

Natürlich hat sie recht. »Ja, genau so ist es«, sage ich bestimmt. »Was immer mich auch erwartet, in erster Linie geht es darum, die Bäckerei zu retten. Wenn ich das Geld bekommen habe, dann gibt es vielleicht wirklich noch eine Möglichkeit, den Laden zu kaufen.« Ich atme tief durch. »Also glaubt ihr, es ist eine gute Idee? Soll ich es wirklich machen?«

Sam lächelt und streicht mir über den Arm. »Du solltest es unbedingt machen. Wenn ein Retter schon mal die Hand nach dir ausstreckt, wärst du bescheuert, wenn du sie nicht ergreifst.«

Weitaus Schlimmeres

»Ich kann es gar nicht glauben, dass es jetzt losgeht. Du bist doch bestimmt total aufgeregt, oder?«, fragt Tante Helene am anderen Ende der Leitung.

Es ist früh am Morgen, die Luft ist noch frisch, aber der Himmel wolkenlos. Es scheint ein sonniger Frühlingstag zu werden.

Ich seufze. »Ja, allerdings. Ehrlich gesagt sterbe ich gerade. Ich wünschte, es wäre schon vorbei.«

»So lange dauert es doch nicht, nur ein paar Tage. Und wenn du wieder daheim bist, feiern wir, dass du um zehntausend Euro reicher geworden bist.«

»Na schön. Und du und Sam, ihr schafft es wirklich? Ihr schmeißt den Laden?«

»Mach dir keine Sorgen, wir haben alles im Griff«, sagt sie voller Überzeugung.

Doch dann, als ich da stehe und warte, den kleinen Koffer zu meinen Füßen, merke ich erst, wie mein Herz vor Aufregung und Angst viel zu schnell in meiner Brust schlägt. Panik macht sich in mir breit. »Tante Helene, ich kann das nicht, ich breche das Ganze ab!«

»Unsinn, du schaffst das! Sieh es doch ganz locker. Ich meine, wann erlebt man denn schon mal so ein Abenteuer?«

»Okay«, murmle ich und denke an die Bäckerei und den warmen Geldregen.

»Aber bevor ich es vergesse …« Tante Helene räuspert sich. »Was ich mir letzte Nacht noch überlegt habe, also nur so am Rande …«

»Was denn?«, fahre ich aufgeregt dazwischen. »Los, spuck es schon aus!«

»Na ja, also falls er mit einem Vertrag kommt, dann sei vorsichtig, hörst du?«

Ein Vertrag? Wieso das denn?

»Wie kommst du darauf, dass er mit einem Vertrag kommen könnte?«

»Nun, ich weiß nicht … Auf jeden Fall solltest du vorsichtig sein. Nicht dass du noch seine Sub werden sollst. Du weißt schon, was ich meine. Oder wäre das was für dich?«

»Seine Sub? Was?«

»Also sag mal, hast du das Buch nicht gelesen? *Shades of Grey*? Eine Sub ist die Unterwürfige in einer sexuellen Beziehung.«

Wenn ich nicht so aufgeregt wäre, würde ich jetzt laut auflachen. Die Unterwürfige in einer sexuellen Beziehung. Das hört sich an, als hätte Tante

Helene es irgendwo abgeschrieben und auswendig gelernt.

»Himmel, Tante Helene, hier geht es doch nicht um Sex! Und überhaupt, ich will keinen Mann einfach nur, um mit ihm ins Bett zu gehen. Das hat hier doch gar nichts verloren.«

»Ich meine ja nur, weil du sagtest, dass der Kuss so toll war. Woher willst du wissen, dass er es nicht doch bei dir versucht? Ich meine, er zahlt zehntausend Euro dafür. Das ist schon echt …«

Vor Nervosität krampft sich mein Magen erneut zusammen. Sie hat recht. Und wenn es tatsächlich so sein sollte, was mache ich dann? Nicht dass er denkt, das sei in den zehntausend Euro inbegriffen. Bei dem Gedanken wird mir noch flauer im Bauch.

»Bitte erzähl mir jetzt nicht mehr solche Dinge, ich bin schon aufgeregt genug. Ich kann überhaupt nicht fassen, dass ich da wirklich mitmache.« Ich seufze. »Aber ich werde das mit ihm klären, okay?«, sage ich mehr zu mir als zu ihr. Denn der Punkt scheint mir doch wichtig.

Dann atme ich tief durch.

In den letzten Tagen bin ich oft kurz davor gewesen, Ludwigs Nummer zu wählen und abzusagen. Doch dann habe ich wieder an meinen Laden gedacht, an Tante Helene und Sam. Ich habe immer noch Hoffnung, dass am Ende alles gut wird und

Sam mit ihrem Wunder recht behält, so unwahrscheinlich das auch ist.

Und irgendwie sah Ludwig ja auch nicht aus wie ein Mann, der vorhat, mich in der Dunkelheit zu zerstückeln. Obwohl, wie sieht so ein Mann überhaupt aus? Zumindest habe ich bei Google nichts Negatives über ihn gefunden. Er ist ein Geschäftsmann, aber mehr war der Suchmaschine auch nicht zu entlocken. Und auf Facebook gab es zwar Einträge von Personen mit seinem Namen, aber da war nie ersichtlich, dass es auch tatsächlich sein Profil ist.

Doch jetzt ist es sowieso schon egal. Ich stehe hier, warte auf ihn und ermahne mich abermals, nicht durchzudrehen.

»Also schön.« Tante Helene schiebt sich in meine Gedanken. »Dann will ich dir jetzt nur noch eines sagen: Verlieb dich bloß nicht in ihn, das ist gefährlich. Und hab eine schöne Zeit. Dieses Schloss Birkenhof muss ein Traum sein, absolut nobel und prunkvoll. Es hat wohl auch einen unglaublichen Wellnessbereich. Ich bin sicher, du verlebst dort ein paar schöne Tage.«

Genau in diesem Moment fährt ein silberglänzender Mercedes vor, hält neben mir an, und mir wird ganz übel vor Aufregung.

»Er ist da, ich muss auflegen«, sage ich eilig, dann beende ich das Gespräch.

Schon steigt Ludwig aus, und mein Herz rutscht einen Stock tiefer. Auch diesmal trägt er wieder einen Anzug, darüber einen hellen Trenchcoat und elegante braune Lederschuhe. Seine Haare sind locker gestylt, eine Strähne fällt ihm in die Stirn. Alles an ihm wirkt so schick.

»Hey, Sie sind also wirklich da.« Er reibt sich die Hände und mustert mich von oben bis unten. »Ich hatte ja schon die Befürchtung, dass Sie es sich noch anders überlegen.«

»Das habe ich auch das eine oder andere Mal«, gebe ich verlegen zu. »Aber ich bin hier.«

Er sieht wirklich richtig gut aus – im Gegensatz zu mir. Ich habe einfach nur gemütliche Kleidung an. Ein Shirt, Jeans und Sneakers. Irgendwie habe ich jetzt das Bedürfnis, mich erklären zu müssen. »Ich dachte, es ist für die Fahrt bequemer«, sage ich rasch.

Er zuckt mit den Schultern. »Alles gut, machen Sie sich keine Gedanken. Ich habe nicht erwartet, dass Sie in *Gucci* dastehen. Im Hotel können wir sicher etwas Passendes für die Abende auftreiben.« Er tritt auf mich zu, und der Duft seines herben Aftershaves dringt mir in die Nase.

Auf was habe ich mich da nur eingelassen?

»Darf ich?«, fragt er, und während ich noch überlege, was er meint, greift er schon nach meinem Koffer, öffnet mit einem Klick auf den

Schlüssel den Kofferraumdeckel und wuchtet ihn hinein.

Dann legt er den Kopf schief. »Heute Abend ist übrigens ein großes Dinner geplant. Die beiden Herren, die Sie bereits kennen, werden samt Begleitung da sein, und wir müssen vorher alles genau absprechen. Deswegen habe ich etwas vorbereitet, eine Art Vertrag. Wenn wir im Schloss angekommen sind, sollten Sie ihn sorgfältig durchgehen. Er enthält auch einige Regeln, auf die ich großen Wert lege. Aber für zehntausend Euro, so denke ich, ist das durchaus angebracht.«

Sein Blick liegt auf mir, und mein Herz purzelt aus dem Takt. Was hat er gerade gesagt? Vertrag? Regeln? Und was hält er für angebracht?

Mir wird schlecht. Sofort muss ich an Tante Helene denken, die mich ja vor genau so etwas gewarnt hat.

Wie versteinert stehe ich noch immer da, als er mir die Beifahrertür aufhält. »Ähm, würden Sie dann bitte einsteigen?«

Doch plötzlich bin ich mir nicht mehr sicher, was ich tun soll. Geld hin oder her - womöglich fährt er doch auf irgendwelche komischen Sachen ab und glaubt, dass ich für das Geld sonst was mit ihm mache.

Das muss ich klären. Unbedingt.

»Alles in Ordnung?«

Ich schüttle den Kopf, nehme all meinen Mut zusammen und suche seinen Blick. »Keine Ahnung, was in diesem Vertrag steht, aber ich muss eines gleich klarstellen: Ich werde nicht mit Ihnen schlafen, niemals! Und ich werde mich auch nicht von Ihnen auspeitschen lassen oder sonst etwas in dieser Richtung. Das ist mein voller Ernst!«

Verdattert sieht er mich an, als wüsste er gar nicht, was ich von ihm will. Ja, ich muss zugeben, irgendwie war das jetzt auch merkwürdig von mir. Aber ich versuche, die Fassung zu wahren.

»Also, nur dass Sie das mit uns nicht missverstehen«, fahre ich unbeirrt fort, ohne lange nachzudenken. »Wegen des Kusses, meine ich. Es war ein toller Kuss, und ich bin Ihnen auch dankbar für die Hilfe. Und ja, Sie sehen schon zum Anbeißen aus, aber …«

Ich stocke. Was rede ich denn da? Zum Anbeißen? Bin ich denn total bescheuert geworden?

Tief durchatmen, Elisa. Ganz tief, bevor es noch peinlicher wird.

»Also, ich begleite Sie, damit Sie vor Ihren Geschäftspartnern nicht in Verlegenheit geraten. Und weil ich das Geld brauche, wirklich dringend brauche. Ich verspreche, ich werde freundlich und höflich sein. Aber darin sind keine Extras enthalten, falls Sie wissen, was ich meine. Nicht dass Sie nach dem Kuss vielleicht denken, dass ich leicht zu haben bin. Auch wenn das jetzt merkwürdig klingt – immerhin stehe ich ja hier, und Sie bezahlen mich dafür. Aber ich habe mich wirklich nur darauf eingelassen, weil ich auf das Geld angewiesen bin. Und normalerweise küsse ich jemanden auch nicht einfach so zurück. Denn wenn ich jemanden küsse, dann geht es bei mir um Gefühle.« Irgendwie habe ich das dumpfe Gefühl, mich immer tiefer ins Schlamassel zu reden. »Ach, und damit Sie es gleich wissen, ich gehe mit Ihnen auch in keine merkwürdigen Spielzimmer. Und kommen Sie bloß nicht auf die Idee, mit mir irgendwo hinzufliegen oder ... Keine Ahnung, was Sie sich sonst noch in Ihrem Kopf ausgemalt haben.«

Himmel, ich rede mich um Kopf und Kragen. Irgendjemand muss mich stoppen.

Nachdem ich geendet habe, sieht er mich eine ganze Weile an, die Hände lässig in den Taschen seines Trenchcoats vergraben.

Warum sagt er denn nichts?

Schließlich nimmt er eine Hand aus der Tasche und reibt sich über das Kinn. »Sind Sie dann fertig?«

Ich schäme mich ein wenig. Aber ich musste das jetzt einfach loswerden.

»Ja«, kommt es mir kurz und knapp über die Lippen. Ich denke, ich habe auch genug geredet. Mein Herz klopft rasend schnell, weil mich sein

Blick verwirrt und gleichzeitig anzieht. Warum hat er auch so unglaubliche Augen?

»Schön. Dann hätten wir das ja geklärt«, sagt er, und mir kommt es vor, als würde er leicht lächeln.

»Ja, mir war das jetzt wirklich wichtig. Das lag mir auf der Seele.«

Er kommt noch ein wenig näher auf mich zu. Sofort ist da wieder sein Duft in meiner Nase, und meine Knie geben nach.

»Und damit eines klar ist.« Unerwartet legt er einen Finger unter mein Kinn, sein Blick durchbohrt mich beinahe. »Ich peitsche Sie nicht aus und küsse Sie auch nicht. Es ist ausschließlich ein Geschäft. Mir ist das so ganz recht, ich brauche nichts Kompliziertes. Denn das bringt einen nur in verfahrene Situationen.«

Warum fängt mein Herz so schnell an zu schlagen? Warum höre ich auf zu atmen?

Als hätte er es bemerkt, grinst er, und seine Lippen sind plötzlich nur noch wenige Zentimeter von meinen entfernt. »Es sei denn, Sie möchten es.«

Oh Gott, mir wird gleich schwindelig.

Was hat er da gesagt?

»Ähm, nein, ich ...« Ich räuspere mich, denn ich weiß nicht, was ich sagen soll.

»Sprachlos?« Jetzt lacht er, seine Brust hebt und senkt sich dabei. Dann lässt er mich los und tritt ein paar Schritte zurück. Als wäre da gerade überhaupt nichts gewesen, deutet er auf die offene Wagentür. »Fahren wir, wir haben noch ein bisschen Weg vor uns.«

»Okay.« Ich lasse mich in den weichen Ledersitz gleiten und atme tief durch. Als die Tür ins Schloss fällt, ist mir ganz heiß. »Oh Gott, was war das denn?«, flüstere ich mir selbst zu. Meine Hände sind ganz verschwitzt.

Geht es eigentlich noch peinlicher? Ich glaube nicht.

Es dauert nur ein paar Sekunden, dann kommt er auch schon um den Wagen herum, öffnet die Fahrertür und setzt sich neben mich.

Eine kurze Weile blickt er nachdenklich nach vorne, doch dann dreht er das Gesicht zu mir und lächelt amüsiert. »Spielzimmer? Auspeitschen? Jetzt aber mal ehrlich, in welchem Buch sind Sie denn bitte hängen geblieben?«

Ich spüre die Röte, die sich auf meinen Wangen ausbreitet, und meinen bebenden Herzschlag.

»Und um Sie noch einmal zu beruhigen: In diesem Vertrag geht es nur darum, dass Sie Verschwiegenheit über unser Geschäft wahren, das ist sehr wichtig für mich. Ich habe es gerne, wenn alles geregelt ist. Daher werden in dem Vertrag Ihr Honorar, der Zeitraum Ihres Einsatzes und Details über unsere Beziehung«, er setzt das Wort mit seinen Fingern in Anführungszeichen, »festgehalten.

Denn wir müssen ja die gleiche Geschichte erzählen: wo und wie wir uns kennengelernt haben, wo wir unseren ersten gemeinsamen Urlaub verbracht haben und all diese Dinge. Und das war es dann auch schon.«

Ich nicke. »In Ordnung, so ist es mir ja auch recht.«

»Ach, und siezen sollten wir uns vielleicht auch nicht, das könnte merkwürdig werden. Ich bin Ludwig, und Sie sind Marina …«

»Mandel?«, schlage ich Nudel auch noch meinen echten Nachnamen vor.

Zu meiner Verblüffung scheint er nichts Schlechtes daran zu finden. »Also meinetwegen Marina Mandel.« Schmunzelnd dreht er den Zündschlüssel, der Motor brummt und vibriert durch meinen Körper.

Geschickt lenkt er das Auto aus der Parklücke. Währenddessen betrachte ich seine Hände. Sie sind schön. Lang und schlank und strahlen doch eine gewisse Stärke aus. So wie sein Profil.

Als wir um die nächste Ecke biegen, lächelt er gedankenverloren vor sich hin – so lange, bis ich es nicht mehr aushalte und frage: »Was ist los? Warum lachst du?«

»Du findest mich zum Anbeißen? Wirklich?«

Oh nein, er hat es also doch gehört. Natürlich, er ist ja nicht taub.

Sofort werde ich rot, und er lacht auf.

»Also, ich schlafe dann mal eine Runde«, stammle ich und kuschle mich in den Sitz. Himmel, der ist ja wirklich so was von bequem.

»Mach das. Und genieße die Fahrt.« Er tritt das Gaspedal durch, und sein Blick haftet von nun an auf der Autobahn, die uns Richtung München führt.

Ich schließe die Augen, aber ab und zu riskiere ich doch einen Blick. Seine Lippen sind wirklich hübsch, voll und geschwungen, und als er sich kurz mit der Hand durch die Haare fährt, muss ich gestehen, dass er wirklich etwas an sich hat, was mich ihn immer wieder anstarren lässt.

Aber ich sollte nun das Ganze einfach mal auf mich zukommen lassen. Es ist ein Geschäft, nicht mehr und nicht weniger. Und ich darf mein Herz nicht verlieren. Wie hat mir Tante Helene noch mal à la *Pretty Woman* geraten?

Verlieb dich bloß nicht in ihn, das ist gefährlich.

Und damit hatte sie recht. Hier wird weder geküsst noch angebissen oder sonst irgendwas. Es ist ein Geschäft, für ihn und für mich. Und mal ehrlich, ich fahre in ein Schlosshotel, ich werde Kleider bekommen, darf schick essen gehen und erhalte dafür zehntausend Euro.

Es gibt weitaus Schlimmeres, wie man seine Zeit verbringen kann.

Ein Kontrollfreak und sein Vertrag

»So, da wären wir«, sagt Ludwig, als er das Auto auf den großen gepflasterten Platz vor dem Schlosshotel lenkt.

Als er vor ein paar Minuten in eine von Wald gesäumte Straße einbog, hätte ich nie erwartet, an deren Ende ein malerisches Tal mit diesem herrlichen Anwesen in seiner Mitte vorzufinden. Sofort habe ich Gänsehaut, weil alles irgendwie magisch und verzaubert wirkt.

Ich war noch nie in einem so wunderbaren Hotel. Nicht mal in meinen Träumen hätte ich es mir schöner vorstellen können. Überall stehen große Blumenkübel aus Marmor, und ein roter Teppich liegt vor dem mit Buchsbäumen gesäumten Eingang.

Auf einmal komme ich mir vor wie eine Prinzessin, die mit ihrem Prinzen in ein Traumwochenende fährt. Was natürlich albern ist. Aber trotzdem, irgendwie lässt sich der Gedanke nicht ganz beiseiteschieben.

»Wow«, entfährt es mir, und ich versuche, meine Eindrücke einzusammeln, lasse den Blick über die alte Steinfassade gleiten.

»Ja, das ist ein schönes Hotel. Ich bin gerne hier, sogar ziemlich oft«, sagt Ludwig, während seine Augen kurz auf mir ruhen. »Bereit? Wollen wir?«

Ich versuche, meine Nervosität in den Griff zu bekommen, was gar nicht so leicht ist. Was wird mich in den nächsten Tagen hier erwarten? Aber es hilft ja nichts. Also antworte ich so selbstsicher wie nur möglich: »Klar, gehen wir.«

Ich atme noch ein letztes Mal durch, und gerade als ich die Tür öffnen will, hat dies schon ein Mann in einem dunklen Frack für mich erledigt.

»Herzlich willkommen auf Schloss Birkenhof«, sagt er, und ich lächle ihn verlegen an. Alle sind so schick und adrett gekleidet - ganz im Gegensatz zu mir.

»Ja, hallo.« Mehr kommt mir in diesem Moment nicht über die Lippen.

Ludwig hingegen tritt selbstsicher auf, als wäre es das Normalste der Welt, von einem Butler begrüßt zu werden.

Dieser hat sich mittlerweile auf die Fahrerseite des Wagens begeben und setzt sein strahlendes Pinguinlächeln auf. »Herr Bergmann, wie schön, Sie gesund zu sehen. Wir werden den Wagen gleich wie gewohnt in die Garage stellen.«

Ludwig nickt. »Wunderbar. Das Gepäck ist im Kofferraum.«

»Wir bringen es in Ihre Suite, wie immer.«

»Ja, ich bitte darum.«

Suite. War ja klar, was sonst.

Der Pinguin starrt mich irgendwie merkwürdig an. Ob er sich über meine Kleidung wundert? Oder fragt er sich, warum Ludwig mich mitgebracht hat?

Glücklicherweise ergreift dieser nun das Wort. »Das ist Marina. Marina ...« Er ringt nach Worten. Ha, hat er meinen Nachnamen schon vergessen?

»Marina Mandel«, sage ich rasch.

»Genau. Marina Mandel, meine Verlobte.«

Erst blickt uns der Pinguin etwas erstaunt an, aber dann huscht ein Lächeln über sein Gesicht. »Das sind ja wunderbare Nachrichten. Herzlichen Glückwunsch, Herr Bergmann. Und natürlich auch Ihnen als zukünftige Frau Bergmann.« Er deutet eine Verbeugung an.

Noch nie hat sich jemand vor mir verbeugt. Ich bin tatsächlich im Märchen.

»Wir werden Ihnen natürlich eine Flasche unseres besten Champagners in die Suite liefern lassen. Eine kleine Aufmerksamkeit des Hauses mit unseren besten Glückwünschen.«

Ludwig greift nach meiner Hand. Kurz zucke ich zurück, weil ich damit nicht gerechnet habe und weil seine Berührung ein so intensives Gefühl in mir auslöst. Hoffentlich hat der Pinguin nichts davon bemerkt.

Ludwigs Hand fühlt sich warm und stark an, und ich versuche, das Kribbeln in mir einzuordnen, was mir aber nicht gerade leicht fällt. Ich sollte ruhig bleiben. Er wird in den nächsten Tagen noch öfter nach meiner Hand greifen. Schließlich sind wir ja verlobt, da zuckt man nicht zurück, wenn der angebliche Herzensmann einen an der Hand nimmt. Trotzdem ist es ungewohnt. Und doch irgendwie schön.

Auch im Empfangsbereich wird Ludwig wie ein guter Bekannter empfangen. Er ist wohl wirklich häufig hier. Lächelnd reicht die Frau an der Rezeption ihm die Schlüsselkarte, und als der Pinguin verrät, dass Ludwig und ich verlobt sind, gratuliert auch sie uns.

Dann gehen wir zum Aufzug, der von einem der Pagen bedient wird, und selbst dort hält Ludwig meine Hand noch immer fest. Erst als wir vor der Suite angekommen sind, lässt er sie wieder los.

Oh Gott, gleich werden wir alleine sein.

Als Ludwig die Schlüsselkarte einschiebt und die Tür sich mit einem zaghaften *Klick* öffnet, offenbart sich uns ein unglaublich heller und luxuriös eingerichteter Raum. Auf allen Tischen stehen frische Blumen und Obstkörbe, es duftet nach Jasmin, Frühling und frischer Wäsche.

»Oh, wie hübsch«, entfährt es mir spontan, während ich meine Augen weiter durch den Raum wandern lasse, über die cremeweiße Sofalandschaft, den Flatscreen-Fernseher, den Arbeitsbereich mit dem massiven Schreibtisch, die vielen edlen Bilder und teuer aussehenden Teppiche.

»Sag jetzt nicht, dass du sonst alleine in dieser riesengroßen Suite bist?«, frage ich, weil ich aus dem Staunen nicht mehr herauskomme.

»Eigentlich schon«, antwortet Ludwig ruhig.

»Wirklich sehr schön.« Ich atme tief durch und trete vor die große Glastür, die auf eine Dachterrasse hinausführt. »Diese Aussicht. Wie der Wald alles einrahmt. Der kleine See dahinten, richtig idyllisch. Und da ist sogar ein Whirlpool auf der Dachterrasse. Ich würde mal sagen, hier kann man es sich gut gehen lassen.«

Er nickt. »Sicher, ich habe ihn allerdings noch nie benutzt.«

Ich kann gar nicht glauben, was er da sagt. Wobei, so wie ich Ludwig bisher kennengelernt habe, wundert es mich dann auch wieder nicht.

»Es ist einfach toll, wirklich. Ein Traum«, murmle ich.

»Nun, schön, dass es dir gefällt. Das Hotel ist wirklich ganz nett.«

»Ganz nett?« Ich sehe Ludwig mit großen Augen an. »Das ist weit mehr als nur nett.«

Als er die Schlüsselkarte auf einem der Sideboards ablegt, klopft es. Ludwig geht zur Tür, und ich betrachte seinen breiten Rücken. Sein Jackett spannt sich leicht um seine muskulösen Arme. Ich schlucke.

»Guten Tag, Herr Bergmann.« Ein Page steht draußen. »Ich habe hier Ihr Gepäck. Und zur Feier des Tages haben wir auch noch Champagner und eine Platte mit Häppchen für Sie und Ihre Verlobte vorbereitet. Sonst ist alles, wie Sie es immer wünschen. Oder fehlt etwas?«

Ludwig schüttelt den Kopf. »Nein, alles wunderbar. Vielen Dank.« Er tritt zur Seite und lässt den Pagen mit unserem Gepäck und dem Essenswagen eintreten.

Als ich die kleinen Köstlichkeiten entdecke, die er auf dem Tisch anrichtet, knurrt mein Magen wie auf Kommando. »Die sehen ja großartig aus.« Ich seufze. »Richten Sie der Küche bitte ein ganz großes Dankeschön aus.«

Ludwig zieht eine Augenbraue nach oben, doch der Page lächelt mir zu. »Sehr freundlich, das werde ich gerne ausrichten, Frau Bergmann. Und wenden Sie sich jederzeit an uns, falls Sie noch einen Wunsch haben.« Er wendet sich zum Gehen und schließt die Tür hinter sich.

»Frau Bergmann«, flüstere ich. Das Ganze hier steigt mir gerade zu Kopf. Um es genau zu sagen, ich bin völlig überfordert. Vielleicht brauche ich einfach nur was im Magen.

»Willst du auch?«, frage ich Ludwig, während ich nach einem kleinen Kanapee mit Schinken, Käse und einer leckeren Creme greife und einen Bissen nehme.

Er schüttelt den Kopf.

»Sie schmecken aber wirklich lecker.«

Er winkt ab, weil sein Handy klingelt. »Bergmann«, meldet er sich mit rauer Stimme, und ich beobachte ihn. »Ja, ich bin angekommen. Die Verträge können Sie fertig machen. Danke.« Dann legt er auf.

»Möchtest du wirklich nichts?«, frage ich erneut.

Er steckt die Hände in die Anzugtaschen und sieht mir tief in die Augen, sein Blick ist unergründlich. »Schon okay, lass es dir schmecken. Ich esse erst später, ich muss auch gleich noch ein wenig arbeiten. Es gibt immer sehr viel zu tun.«

Na schön, ich nehme jedenfalls noch einen Happen. Das alles hier, der Raum, das Essen, die Umgebung – ich war noch nie in einem so luxuriösen Hotel. Und schon gar nicht mit so einem Mann.

»Ich verstehe schon. Für dich ist das hier Alltag, oder?«, frage ich.

Ludwig zuckt mit den Schultern und geht nicht weiter darauf ein. »Übrigens ist das da drüben das Schlafzimmer mit einem eigenen Bad. In den

Schrank kannst du deine Sachen einräumen.« Er deutet auf eine Tür aus edlem Holz mit einem goldenen Knauf.

»Okay.« Ich gehe auf die Tür zu, und als ich den Raum betrete, stutze ich. »Sehr schön, aber da ist nur ein Bett drin.« Mein Puls beschleunigt sich.

Als ich mich umsehe, steht Ludwig bereits hinter mir im Türrahmen. Wie ist er mir nur so schnell gefolgt?

»Also wenn ich hier schlafen soll, wo schläfst dann du?«, frage ich.

Ohne dass ich es will, wandert mein Blick zu seinen Lippen. Verdammt. Warum denke ich nur daran, wie es wäre, ihn noch mal zu küssen?

»Na, auch hier. Ich dachte, wir beide machen es uns kuschelig.«

Er kommt ein paar Schritte auf mich zu und ist mir auf einmal wieder so nah. In meinem Bauch flattert und kribbelt es. Mehr noch, Hitze steigt auf meine Wangen und durchströmt meinen Körper.

Er legt den Kopf schief und lächelt mich an.

»Aber so war das nicht vereinbart«, sage ich rasch.

»War es das nicht? Ich dachte, du würdest mich gerne anbeißen?«, raunt er mir mit einem breiten Grinsen zu.

Ich starre ihn einfach nur an und vergesse zu atmen.

Dann tritt er zurück und lacht laut auf.

Wie gemein. Ich stoße die Luft aus, die ich angehalten habe. Er macht sich einen Spaß daraus. Am liebsten würde ihn ganz fies in die Seite boxen.

»Nein, nein, ganz ruhig. Es gibt in dieser Suite noch einen Schlafraum.« Er zeigt auf die Tür gegenüber. »Falls du es dir aber anders überlegst mit dem Auspeitschen und so, komm ruhig vorbei. Das ist nämlich mein Spielzimmer!«

»Ha, ha, ha!« Jetzt boxe ich ihn tatsächlich in die Seite, doch er lacht nur wieder.

Schließlich wird sein Blick ernst. »Spaß beiseite. Lass uns lieber das weitere Vorgehen besprechen. Heute Abend findet ein wirklich wichtiges Essen statt. Die beiden Herren, die du bereits kennenlernen durftest, sind sehr erfolgreiche Geschäftsleute, mit denen ich gerne zusammenarbeiten würde. Dieser Deal wäre eine große Sache für meine Firma, daher möchte ich ihn um jeden Preis an Land ziehen.« Er stockt kurz. »Jedenfalls wollen sie mich noch privater kennenlernen, was zuerst eine Schwierigkeit für mich darstellte. Denn ich habe einen Ruf, der, sagen wir es so, nicht ganz in ihr Bild passt.«

Ha, er ist also ein Frauenheld. Wobei, was hat das mit dem Geschäft zu tun, das er mit den beiden machen möchte?

»Ah, okay. Verstehe ich das richtig? Die beiden arbeiten nur mit dir zusammen, wenn du in ihr Weltbild passt?«

»Klingt komisch, ich weiß. Aber um es kurz zu sagen: So ist es. Deswegen bist du hier. Weil du meine Verlobte bist, die ich ursprünglich erfunden hatte.«

Hatte Tante Helene also recht mit der erfundenen Verlobten.

»Na ja, dann war da unser Kuss auf der Party, und eines kam zum anderen. Egal, jetzt ist es, wie es ist. Und wir geben ihnen, was sie wollen: die Show von dem glücklichen Paar, das in einer traditionellen Beziehung lebt. Wir werden mit den beiden gemütlich essen, etwas plaudern, nicht zu viel. Du darfst auch ein wenig erzählen, aber nur das, was im Vertrag steht.« Mit einem Mal sieht er mich merkwürdig an. »Und ab und zu werde ich deine Hand halten, doch nur, wenn du dann nicht gleich einen Schreikrampf bekommst. Aber Verliebte berühren sich ja gerne. Kannst du damit leben? Schaffst du das?«

»Ähm, na gut, ja. Anfassen ist erlaubt. Aber nur die Hand, nichts anderes, okay?«

Er nickt. »Gut. Ansonsten versuche ich, das Thema immer wieder aufs Geschäft zu lenken, weg von dem Beziehungskram. Aber die beiden sollen den Eindruck haben, dass wir uns heiß und innig lieben und nachts in der Löffelchenstellung einschlafen.«

Wie er das Wort *Löffelchenstellung* ausspricht, als wäre das für ihn unvorstellbar.

»Findest du es denn so schlimm, in der Löffelchenstellung einzuschlafen?«

Er lacht kurz und kehlig auf. »Ähm, ja. So etwas mache ich nicht. Frauen schlafen nicht bei mir, Elisa. Wenn ich eine bei mir habe, dann geht sie auch gleich danach wieder. Oder noch lieber gehe ich.«

Kurz wirkt irgendetwas an ihm traurig, doch es ist so schnell verschwunden, wie es aufgeblitzt war. Dann sieht er mich einen langen Augenblick an. »Ich weiß, das klingt hart. Aber ich glaube nicht an Beziehungen, und ich glaube auch nicht an die Liebe. Sie ist für mich eher ...« Er stockt.

»Unwahrscheinlich?«, ergänze ich.

Er nickt. »Was ich will, ist Erfolg. Ich weiß nicht, warum ich dir das so offen sage, aber es ist so. Weil mir mein Beruf das Wichtigste von allem ist, habe ich keine Zeit für diesen Herzenskram. Ich bin in dieser Hinsicht sehr verhalten und habe meinen festen Plan.«

»Und was war das mit dem Kuss auf der Party? Der passte ja nicht in deinen Plan, oder?«

Mist! Was tue ich denn da?

Er zieht eine Augenbraue nach oben, und kurz habe ich das Gefühl, dass die Zeit stehen bleibt.

»Nein, da hast du recht. Aber falls du … Nun, ich habe nichts dagegen, angebissen zu werden – solange alles zwischen uns geklärt ist«, antwortet er mit einem breiten Grinsen. »Solltest du dieses Verlangen verspüren, dann weißt du ja, wo du mich findest.«

»Soll ich dir was sagen?«, frage ich.

Er nickt.

»Irgendwie beneide ich dich darum, dass du das so unter Kontrolle hast. Seit ich denken kann, glaube ich an die Liebe, aber wenn ich dann jemanden treffe, passt es nicht. Manchmal frage ich mich, ob ich zu viel erwarte.«

»Damit liegst du gar nicht so falsch. Wenn man viel erwartet, wird man eher enttäuscht, als wenn man nichts erwartet. Also, wenn du willst, stehe ich dir gerne zur Verfügung – ganz ohne Erwartungen.« Er grinst noch immer.

Aber ich winke ab. »Ich weiß, das ist für dich unvorstellbar. Aber mit jemandem zu schlafen, für den ich nichts empfinde, das geht nicht. Das ist für mich sehr unwahrscheinlich.«

»Ja, die Art von Frau bist du nicht.« Er seufzt, und es kommt mir fast so vor, als würde er das schade finden.

Kurz fällt mein Blick wieder auf seine Lippen. Bei unserem Kuss von neulich, da hatte es doch spürbar zwischen uns gefunkt. Ziemlich unwahrscheinlich nach dem, was er mir gerade offenbart hat, aber es war tatsächlich so.

Luft anhalten, Elisa. Was sind denn das für Gedanken? Das hier ist ein Geschäft. Es geht nicht um Liebe und andere Unwahrscheinlichkeiten.

Plötzlich verziehen sich seine Lippen zu einem sexy, hauchzarten Lächeln, als wüsste er, woran ich gerade gedacht habe.

Rasch sehe ich weg. »Na schön, dann lese ich jetzt mal diesen Vertrag. Ich werde mein Bestes tun, aber erwarte nicht zu viel.«

»Mach das.« Er will den Raum verlassen, bleibt aber unter der Tür noch einmal stehen. »Ähm, bevor ich es vergesse. Welche Kleidergröße hast du? Ich habe zwar schon eine Ahnung, aber bitte sag du es mir.«

»Achtunddreißig«, antworte ich mit fester Stimme, doch er zieht zweifelnd eine Augenbraue nach oben. Wie gemein.

»Na sicher. Ich werde dafür sorgen, dass du ein paar Cocktailkleider in Größe vierzig aufs Zimmer bekommst. Such dir eines für heute Abend aus. Und sei bitte pünktlich unten in der Lobby zu unserem Schauspiel.«

»Hallo, ich habe Größe achtunddreißig!«

»Natürlich.« Er zwinkert mir zu. »Der Vertrag liegt übrigens auf dem Tisch. Da steht alles drin, was du ansprechen darfst.«

»Was ich ansprechen darf …« Ich schüttle den Kopf. »Du bist schon ein wenig ein Kontrollfreak, oder?«

Er sieht mich an, eine ganze Weile. »Sagen wir es so: Um erfolgreich zu sein, muss man planen. Und ich liebe es zu planen, denn das führt mich immer direkt ans Ziel.«

Daher weht also der Wind. Ob er doch glaubt, dass ich am Ende schwach werde?

»Okay, du kriegst also immer, was du willst?«, frage ich.

»So ist es!«

»Und du willst unbedingt diesen Fisch an Land ziehen?«

»Allerdings. Deswegen sind wir hier.«

»Und wenn ich dir sage, dass ich dich doch anbeißen würde …« Langsam und auch ein wenig aufreizend gehe ich auf ihn zu. »Würdest du es denn wollen?«

Ich glaube gar nicht, was ich da tue.

Jetzt habe ich seine volle Aufmerksamkeit. Seine Augen funkeln mich an. »Nun, wenn du darauf bestehst.«

Er lächelt, und ich streiche ihm über die Brust. Ich würde zu gerne sehen, wie er aus der Fassung gerät, nur ein einziges Mal.

Er atmet tief durch, legt erwartungsvoll den Kopf schief.

Und dann, anstatt ihn zu küssen, schubse ich ihn aus der Tür und schlage sie ihm vor der Nase zu. »Tja, aber man kann eben nicht immer alles haben! Bis später, Ludwig!«, rufe ich, doch mein Herz kribbelt, alles an mir kribbelt. »Daran musst du dich auch gewöhnen, wenn du schon Zeit mit mir verbringst!«

Ich höre, wie er hinter der Tür scharf einatmet. »Weißt du was? Sei einfach pünktlich und suche dir ein hübsches Kleid aus, das dir auch passt. Und fang an zu lernen, es steht alles im Vertrag!«

»Ja, ja«, murmle ich nur noch, dann wird es still.

Eine Frau gezaubert

Nervös blättere ich immer wieder durch den Vertrag, während ich Tante Helene und Sam in Konferenz am Telefon habe. Natürlich habe ich ihnen bereits alles erzählt, auch wenn ich es eigentlich nicht darf. Aber na ja, es sind ja nur Sam und meine Tante.

»Er ist der totale Kontrollfreak«, flüstere ich, weil ich Angst habe, dass Ludwig sich vielleicht im Nebenraum aufhält.

»Ich habe dir doch gesagt, du sollst aufpassen, wenn ein Vertrag ins Spiel kommt«, sagt Tante Helene.

»Ja, ich weiß. Deswegen war ich auch erst total nervös. Aber es ist anders. Es geht nicht um etwas Sexuelles, sondern um die Bedingungen unserer Zusammenarbeit. Er hat für diesen Aufenthalt hier wirklich alles geplant und genau festgelegt, was ich sagen darf. Wie wir uns kennengelernt haben, was meine Hobbys sind und so weiter. Wie soll ich mir das alles merken?«

»Und was sollen deine Hobbys sein?«

»Reiten! Ausgerechnet ich, die noch nie auf einem Pferd gesessen hat.«

»Ja, aber Reiten passt schon gut«, überlegt Tante Helene. »Ich lese ja viel in diesen Illustrierten, und in dieser noblen Gesellschaft sind sie alle hoch zu Ross. Ein ganz schicker Sport.«

»Hm, kann sein. Und stellt euch vor, ich habe ein abgeschlossenes Medizinstudium.«

Sam pfeift anerkennend durch die Zähne. »Oha. Frau Doktor also.«

»Aber das Beste ist, wie wir uns kennengelernt haben. Passt mal auf.« Ich lese vor: »Auf einer Charity-Veranstaltung in München. Es war Liebe auf den ersten Blick. Ich trug ein rotes Kleid, er einen Anzug mit passender Krawatte. Wir haben uns sofort gut verstanden, da wir gemeinsame Interessen wie Reisen und knifflige Kreuzworträtsel haben. Warum in aller Welt denn bitte Kreuzworträtsel?«

Sam lacht auf. »Du und Kreuzworträtsel! Du schaffst es ja nicht mal, die einfachsten Wörter zu finden.«

»Ja, total doof«, pflichte ich ihr bei. »Am besten sollte ich wohl noch gerne am Abend Mandalas ausmalen oder diese merkwürdigen Zahlenrätsel lösen. Wie heißen die noch mal?«

»Ähm.« Ich höre, wie Tante Helene mit den Fingern schnippt. »Sudoku!«

»Und was isst er am liebsten?«, will Sam wissen.

»Lachspasta, die ich sehr gerne zu Hause für ihn koche. Und die wir dann gemeinsam essen, nach einem harten Arbeitstag.« Ich schüttle den Kopf. »Zudem läuft alles sehr harmonisch zwischen uns ab. Er arbeitet viel, aber ich habe damit kein Problem. Ich bin immer gut gelaunt, lache über seine Witze. Also ehrlich.«

Sam kichert. »Okay. Und faltet er sein Klopapier oder zerknüllt er es?«

»Er faltet!«

»Ach, hör auf, das steht da doch nicht!«

»Doch! – Nein, Spaß. Eigentlich dürfte ich euch darüber gar nichts erzählen, denn ich muss ja Stillschweigen bewahren. Ihr behaltet das bitte alles für euch, ja?«

»Natürlich. Wir schweigen wie ein Grab.«

»Es ist, als hätte er sich ein Bild von einem Menschen erschaffen, der gar nicht existiert«, sage ich etwas nachdenklich. »Er lebt echt in seiner eigenen Welt. Ein Wunder, dass er mich auf der Party so spontan geküsst hat, das passt überhaupt nicht zu ihm.«

»Vielleicht stimmt das ja auch alles, was da steht«, überlegt Tante Helene. »Das mit seinem Lieblingsessen und all das andere.«

»Das kann ich mir nicht vorstellen.« Ich schüttle den Kopf, obwohl ich weiß, dass die beiden es nicht sehen können. »Nicht bei ihm. Er wirkt sowieso ständig, als würde er über jeden Schritt, den er tut, nachdenken. Wir haben sehr unterschiedliche Ansichten von Liebe und Beziehungen«, sage ich gedankenverloren.

»Wie seid ihr denn auf dieses Thema gekommen?«, will Tante Helene wissen.

»Na ja, eben wegen dieses Vertrags. Er meinte, er habe nur Interesse an einer etwas anderen Art von Beziehung.«

Sam atmet tief ein. »Sex?«

»Nein, eher zusammen Kreuzworträtsel zu lösen … Quatsch, natürlich Sex, zumindest habe ich das so verstanden.«

»Du findest ihn heiß, oder?«

»Hörst du nicht zu? Ich suche die große, alles erfüllende, herzerwärmende, aber total unwahrscheinliche Liebe. Gut, er ist heiß, das stimmt. Doch ein Mann wie er gehört einem nie alleine.«

»Stimmt. Also, so beherrscht wie du möchte ich auch mal sein«, sagt Sam, die nun irgendetwas zu kauen scheint.

»Schokolade?«, frage ich. Ich kenne sie doch zu gut.

»Ja, ich weiß, Diät und so. Aber scheiß drauf!« Sie pustet hörbar die Luft aus. »Um noch mal auf diesen Ludwig zurückzukommen: Was ist denn das für ein Leben, wenn man alles plant, jeden

Schritt? Und auch noch glaubt, damit durchzukommen, so ganz ohne Gefühle? Das ist doch furchtbar!«

Plötzlich klopft es an der Tür, und ich zucke zusammen. Hoffentlich ist es nicht Ludwig. Aber warum sollte er anklopfen?

»Ja?«, rufe ich und höre im gleichen Moment schon eine Frauenstimme.

»Hallo, ich bin wegen Ihrer Abendgarderobe hier.«

»Ich komme gleich!« Eilig flüstere ich ins Telefon: »Da ist gerade jemand wegen meinen Kleidern für heute Abend gekommen.«

»Das ist ja genial.« Tante Helene seufzt. »Ich wünschte, wir könnten tauschen.«

»Also viel Spaß, du reitende, auf Charity-Events gehende, Kreuzworträtsel lösende Super-Frau-Doktor!«, ruft Sam übermütig. »Such dir was Tolles aus!«

Nachdem wir aufgelegt haben, öffne ich die Tür. Draußen steht eine zierliche Frau mit roten Haaren, die mich freundlich anlächelt und einen großen Kleiderständer im Schlepptau hat.

»Guten Tag, Frau Bergmann, ich bin Annette. Ich bin hier, um Ihnen bei der Kleiderwahl zu helfen.«

Als ich die vielen hübschen Kleider sehe, jauchze ich innerlich auf.

Annette mustert mich kurz. »Seien wir ehrlich, eindeutig Größe vierzig.« Sie zwinkert mir zu, und ich nicke beschämt.

»Wenn ich kaum atme, geht auch Größe achtunddreißig.«

»Keine Angst, Frau Bergmann, wir finden etwas, in dem Sie schlank und hübsch aussehen und trotzdem noch atmen können.«

Frau Bergmann. Ich lasse mir den Namen auf der Zunge zergehen.

»Eine gute Idee«, sage ich nur, weil ich nun doch ein wenig durcheinander bin.

Sie reibt sich die Hände. »Na, dann legen wir mal los! Ich verspreche Ihnen, Sie werden danach so umwerfend aussehen, dass Ihr Mann viel lieber Sie vernaschen möchte als das Essen unten im Restaurant.«

Unsicher zupfe ich an meinen Trägern herum. Der Traum aus schwarzer Seide, der mich umhüllt, lässt mich schweben. Noch nie habe ich so etwas getragen. Der Rückenausschnitt ist umwerfend, und ich kann nicht aufhören, mich im Spiegel zu betrachten.

Annette hat mir mit den Haaren geholfen, und auch das Make-up wurde von einer Angestellten des Hotels übernommen. Als sie mir dann auch noch die glänzenden Perlen um den Hals gelegt hat, musste ich so sehr nach Luft schnappen, dass ich kurz vor einer Ohnmacht stand. Ja, daran könnte ich mich wirklich gewöhnen.

»Das bin nicht ich«, sage ich zu der Frau im Spiegel, reiße mich dann aber zusammen und lächle mir schief zu. »Doch das bist du, du bist die zukünftige Frau Bergmann und Luxus gewohnt. Ha, ha, ha.«

Ja, ich weiß, ich bin albern.

Ich beschließe, Tante Helene und Sam eine WhatsApp-Nachricht mit einem Foto von mir zu schicken. *Das Kleid ist so unglaublich, der Hammer, der Wahnsinn, voll abgefahren!*, schreibe ich. Und sie scheinen ebenfalls begeistert zu sein, denn sie senden mir viele Emojis in Herzform und lachende Smileys zurück.

Als ich schließlich kurz vor sieben oben an der Treppe stehe, die zur Lobby hinunterführt, bin ich nervös. Ich sehe mich nach Ludwig um, entdecke ihn aber nirgendwo.

Ach ne! Ist Mister-*pünktlich-ich-plane-alles-und-löse-gerne-Kreuzworträtsel* noch nicht da?

Obwohl, ich kann mir kaum vorstellen, dass er jemals in seinem Leben unpünktlich ist. Und er hat ja auch noch ein paar Minuten.

Aber egal, erst mal muss ich es in diesen sündig hohen Schuhen die Treppe hinunter schaffen. Also setze ich mit klopfendem Herzen einen Fuß vor den anderen und gleite nach unten. Als ich auf der vorletzten Treppenstufe angekommen bin, entdecke ich Ludwig bei der Sitzgruppe mit den weichen Ledersesseln und wäre beinahe noch gestolpert, denn mein Herz springt sofort aus dem Takt. Er trägt einen eleganten schwarzen Anzug mit silbergrauem Hemd und dunkler Krawatte und sieht unfassbar gut aus. Die Hitze, die durch mich hindurchdringt, lässt mir kaum Luft zum Atmen. Er ist wirklich ein unheimlich gut aussehender Mann. Auch wenn er so verkorkst ist.

Während ich auf ihn zugehe, zupfe ich nervös an meinem Kleid. Ob ich ihm auch gefalle?

Unsere Blicke treffen sich. Sein Mund zuckt, sein Kiefer versteift sich, als müsste er fest schlucken. Ob das ein gutes Zeichen ist?

Ich schenke ihm ein Lächeln, und als ich vor ihm angekommen bin, drehe ich mich schüchtern um die eigene Achse. »Und, was sagst du?«

Seine Augen wandern über meinen Körper, als würde er meine Haut mit seinen Blicken berühren. Er riecht so gut, nach einem frischen, herben Aftershave, und ich atme den Duft tief in mich ein.

Schließlich streckt er seine Hand nach meiner aus und beugt sich nahe zu mir. »Zum Anbeißen«, flüstert er und grinst breit.

»Du machst dir einen Witz daraus, ja?«

Sein Grinsen wird noch breiter. »Hast du denn alles auswendig gelernt?«

Ich nicke. »Ja, ich bin eine reitende, Kreuzworträtsel lösende Medizinerin.«

Er zieht eine Augenbraue nach oben. »Wie du das aussprichst, hört es sich komisch an.«

»Das ist es doch auch irgendwie. Und ich mag Pferde überhaupt nicht.« Ich stupse ihn in die Seite, woraufhin er zusammenzuckt. »Oh, ist da jemand kitzelig?«

Er räuspert sich. Mit einem Mal wirkt er wieder streng. »Also, bist du vorbereitet?«

»Ja, das bin ich, keine Sorge!« Ich straffe die Schultern und beschließe, mich von nun an so zu benehmen, wie es seiner Verlobten absolut würdig ist.

Doch als er mich an eine elegant gedeckte Tafel führt, verliere ich mich ganz kurz in meinen Gefühlen. »Sieh nur! Ist das aber schön!«, entfährt es mir, woraufhin Ludwig mich fester an sich zieht. »Ist gut, ich bin schon ruhig«, raune ich. »Aber schau dir diese gedeckten Tische an. Da steckt so viel Liebe drin. Wirklich zauberhaft.«

»Das sind Tische mit Geschirr, Kerzen und Blumen, mehr nicht.«

Sofort eilt ein Kellner herbei und begrüßt uns mit einer Verbeugung. »Herr Bergmann, Frau Bergmann. Möchten Sie Weißwein, Rotwein oder etwas anderes? Champagner?«

»Ihren besten«, antwortet Ludwig.

»Mit Vergnügen.« Der Kellner nickt und entschwindet.

Ich wende mich Ludwig zu. »Ihren besten«, wiederhole ich, und er lächelt leicht. »Wann kommen die beiden Herren denn?«

Er blickt auf seine Uhr, die sündhaft teuer aussieht. Hat er die heute tagsüber auch schon getragen? Ich glaube eher, dass er sie eigens für dieses Dinner angelegt hat. Es muss also wirklich wichtig für ihn sein.

»Eigentlich müssten sie jeden Moment kommen, deswegen wäre es gut, wenn wir beide uns wieder an den Händen halten.« Sein Blick streift erst mein Dekolleté, dann meine Lippen, und ich merke, wie er kurz nach Luft schnappt.

»Ah, die beiden Turteltäubchen!«, ertönt da auch schon eine sonore Stimme. Sie gehört Herrn Hilbert, dem älteren der beiden Herren, die ich schon von der Party bei Tina kenne.

Ludwig zieht mich an der Hand ein wenig näher zu sich, und in meinem Bauch kribbelt es.

»Guten Abend«, begrüßt uns Herr Hilbert und reicht mir die Hand.

Herr Siebert, der inzwischen ebenfalls aufgetaucht ist, tut es ihm gleich. »Unsere Damen werden ebenfalls in Kürze hier sein, sie waren in ein Gespräch mit einer Bekannten vertieft. Ah, da sind sie ja schon.«

»Das ist Emily, meine Frau. Emily, das sind Ludwig Bergmann und seine Verlobte Marina«, erklärt Herr Hilbert. Er ist wohl der Chef dieses anderen Unternehmens, mit dem Ludwig Geschäfte machen will.

Emily wirft ihre langen blonden Haare über die Schultern und begrüßt mich mit einem Wangenküsschen. Sie duftet nach Blumen, ziemlich teuer und edel. Dann wendet sie sich Ludwig zu, und ihre Augen scheinen begeistert von dem, was sie sehen. »Es ist mir eine Freude!«

Auch Herr Siebert stellt uns nun seine Frau vor. Sie heißt Katharina und hat ebenfalls blonde Haare, die sie allerdings zu einem Bob geschnitten trägt. Sie reicht mir ihre schlanke Hand, an der ein Ring mit einem großen Brillanten prangt.

Die beiden Herren schieben ihren Frauen die Stühle zurecht, Ludwig tut dasselbe bei mir, und wenig später sitzen alle um den Tisch.

Prompt ist auch wieder der Kellner da, um unsere Getränkewünsche aufzunehmen. Es wird eine Magnumflasche Moët geordert, dazu noch einige Cocktails.

Als alle versorgt sind, prostet Herr Hilbert mir zu. »Es freut mich ungemein, Sie nun endlich näher kennenzulernen. Ludwig hat schon viel von Ihnen erzählt. Wissen Sie, in unserer Firma ist es ganz wichtig, dass es familiär zugeht. Wenn wir ein Geschäft abschließen, ist es von hoher Bedeutung, mit wem wir das tun.«

»Das kann ich gut verstehen. Wir legen darauf auch besonders viel Wert«, sage ich und greife nach Ludwigs Hand. Sofort beginnt mein Puls zu rasen, und ich denke wieder viel zu sehr daran, wie wir uns auf der Party geküsst haben.

Katharina mustert uns, während sie einen Schluck aus ihrem Cocktailglas nimmt. »Ich hatte schon zu meinem Mann gesagt, wer weiß, ob Sie überhaupt existieren, Marina. Sie waren ja so was wie ein Phantom.«

Ich lächle ihr zu. »Ja, Ludwig ist viel beschäftigt, und auch mich lässt der Beruf im Prinzip niemals los. Es gibt Fälle, die mich viel Zeit und Energie kosten.«

Mann, bin ich gut, ich würde mir am liebsten selbst auf die Schulter klopfen.

Ludwig tätschelt meine Hand. »Ja, du bist wirklich Ärztin aus Leidenschaft.«

Himmel, was für ein Schauspiel!

»Schaffen Sie es denn dann überhaupt, sich zu sehen?«, fragt Katharina neugierig.

»Ach, wissen Sie, wenn man verliebt ist, findet man immer einen Weg. Man muss sich Inseln schaffen«, zitiere ich die Worte einer Bekannten, die mir gerade rechtzeitig einfallen, und verkneife mir nur mit Mühe ein Lachen.

»Hört, hört, das klingt sehr gut«, sagt Herr Hilbert.

Emily lächelt ein wenig gekünstelt. »Und was tun Sie dann auf diesen Inseln?«

»Das kommt darauf an.« Ich werfe Ludwig einen vielsagenden Blick zu. »Es sind die Kleinigkeiten, die unser Zusammensein besonders machen. Manchmal lösen wir beide einfach nur Kreuzworträtsel. Nicht wahr, Liebling?«

Ich scheine meine Sache tatsächlich gut zu machen, denn Ludwig sieht mich strahlend an.

»Wir reiten auch gerne aus. Ebenfalls eine Leidenschaft, die wir teilen.«

Oh Gott, das ist jetzt bestimmt schon zu viel des Guten, aber die beiden Herren scheinen begeistert.

Nur Emily scheint uns das Theater nicht ganz abzukaufen, denn sie sieht immer mal wieder misstrauisch zu Katharina hinüber. Aber was soll's, ich lasse mich davon nicht beirren.

»Wir sollten in den nächsten Tagen einmal alle gemeinsam ausreiten«, sagt Herr Siebert fest entschlossen in die Runde.

Mir wird übel. Aber ich nicke. »Gerne. Was meinst du, Liebling?«

»Aber ja.« Ludwigs Blick liegt auf mir und nimmt mich gefangen.

»Was für Pferde haben Sie beide denn?«, will Herr Hilbert wissen.

Oh verdammt. Was stand da noch mal im Vertrag?

»Ach, ich hatte früher einen Wallach«, sage ich rasch, weil mir nichts anderes einfällt. »Erbse hieß sie.«

»Sie?«, fragt Emily mit einem etwas spöttischen Unterton.

Sofort korrigiere ich mich. »Ähm, natürlich, *er* hieß Erbse. Entschuldigung. Das ist so eine Macke von mir. Er, sie, na ja. Man kann ja nicht alles können. Dafür operiere ich auch mal am offenen Herzen.«

Ludwig strahlt in die Runde, als wollte er auf diese Weise meinen kleinen Lapsus weglächeln.

»Ich mag Pferde ja nicht«, stellt Emily fest, »aber diese neue Modelinie, die einen Touch von Reitkleidung hat, ist wirklich sehr schick. Ich habe sie in München in dieser angesagten Boutique in der Maximilianstraße entdeckt.«

Herr Hilbert lacht. »Lassen wir die Damen doch mal über Dinge sprechen, mit denen sie sich auskennen, meine Herren, und wir widmen uns dem Geschäftlichen.«

Ludwig nickt. »Ja, das ist eine gute Idee.«

»Apropos Männer und Frauen. Da fällt mir doch gleich ein Witz ein.« Herr Siebert flüstert den anderen beiden Herren etwas hinter vorgehaltener Hand zu, woraufhin diese in schallendes Gelächter ausbrechen. Ich rolle mit den Augen, hoffe aber, dass es niemand bemerkt.

Dann widme ich mich den beiden Damen und ihrem Gespräch über Mode und Kosmetik, doch es fällt mir nicht leicht, ihnen zu folgen. Das ist wirklich nicht meine Welt, aber ich schaffe es schon irgendwie. Für Ludwig.

Ich werfe ihm einen Blick zu. Er erklärt gerade irgendetwas Technisches, das ich nicht verstehe, aber er sieht dabei wirklich wahnsinnig gut aus. Ich ertappe mich, wie ich kurz davor bin, unter dem Tisch über sein Bein zu streicheln, doch ich kann mich im letzten Moment zurückhalten. Das war ja so nicht vereinbart, also reiße ich mich zusammen und wende mich wieder den beiden Damen zu.

Als endlich das Essen kommt, atme ich erleichtert auf. Und dieses ist wirklich der absolute Wahnsinn. Als Vorspeise gibt es eine Fischplatte, und ich seufze immer wieder leise vor mich hin, als ich die leckeren Köstlichkeiten probiere.

»Na, Ihnen schmeckt es aber, Marina«, stellt Herr Hilbert mit einem Augenzwinkern fest. »Sie haben Glück, Ludwig. Diese Frau zeigt, was sie mag.«

»Na ja«, versuche ich, mich zu erklären, »ich bin eben eine Genießerin und koche auch gerne für Ludwig.«

»Das lobe ich mir. Gute, echte Hausmannskost mit vielen frischen Zutaten ist das Beste, was es gibt.«

Kauend nickt Ludwig, kann aber mit vollem Mund nichts darauf antworten, und so drehen sich die Gespräche rasch wieder ums Geschäft. Währenddessen beschäftige ich mich mit dem Essen und dem Champagner, der mich zunehmend müder macht.

Katharina scheint auch schon etwas viel Champagner intus zu haben. Mit einem sentimentalen Blick dreht sie ihr Glas in den Händen und seufzt. »Ach, Sie und Ludwig sind wirklich ein schönes Paar.«

Ich lächle dankend.

»Und wie verliebt Sie ihn ansehen. Das ist wirklich schön.«

»Verliebt?« Kurz will ich etwas erwidern, ermahne ich mich dann aber. »Ja, ja, sehr verliebt«, sage ich nur und greife nach Ludwigs Hand. »Er ist ein toller Mann.« Unsere Blicke treffen sich.

»Wobei ich nie gedacht hätte, dass Sie sein Typ Frau sind«, überlegt Katharina. »Wenn man Ludwig bisher überhaupt zusammen mit Frauen gesehen hat, war er eher mit Blondinen unterwegs, zumindest hat man sich das erzählt. Aber Sie beide, das zeigt doch, dass man nicht auf das hören soll, was die Leute so tratschen.«

»Aber Katharina«, widerspricht Emily ihr, »die Letzte war doch rothaarig.«

Die beiden wollen mich testen und aus der Reserve locken, das merke ich ganz genau. Doch ich werde cool bleiben. »Ach, die Leute reden viel. Aber das interessiert uns nicht. Oder, Liebling?«

»Nein, absolut nicht.« Ludwig beugt sich zu mir und drückt mir tatsächlich einen Kuss auf die Lippen.

Kurz bin ich erschrocken, doch anscheinend haben es die anderen nicht bemerkt, denn sie sehen uns mit großen Augen an. Der Kuss hat diesen beiden Hyänen wohl den Wind aus den Segeln genommen, denn schließlich wenden sie sich wieder dem Thema Mode zu, und ich gieße mir noch einmal Champagner nach. Das Zeug schmeckt wirklich so lecker.

Aus dem Saal nebenan dringt auf einmal Musik.

»Ah, da wird getanzt«, sagt Herr Hilbert, und ich beobachte sehnsüchtig einige Paare, die aufstehen und hinübergehen.

Wie es wohl wäre, mit Ludwig zu tanzen, seinen Körper ganz nah an meinem? Oh Gott, ich darf gar nicht daran denken. Allein schon die Vorstellung löst ein heißes Kribbeln in mir aus.

Um mich abzulenken, nehme ich noch einen Schluck aus meinem Glas und wippe mit dem Fuß zum Takt der Musik. Wie gerne würde ich mal wieder tanzen, ob mit Ludwig oder ohne ihn. Ich könnte ja mal einen Blick in den Nebenraum riskieren, nur ganz kurz. Ob ich mich eben entschuldigen kann?

Ach, warum nicht?

»Ich sollte mich mal kurz frisch machen«, sage ich spontan. Als ich aufstehe, muss ich innerlich grinsen, denn die Herren erheben sich ebenfalls alle. »Ich bin gleich wieder da.«

Schon husche ich aus dem Saal und bin sogleich von der Atmosphäre gefangen. Eine Band spielt, die Luft flirrt, und die Leute tanzen beschwingt. Ach, ist das schön.

Eine Weile sehe ich dem Treiben noch zu, doch dann mache ich mich auf den Weg zurück. Ich darf nicht zu lange weg sein. Denn schließlich bin ich nicht hier, um zu tanzen, sondern um Ludwig, dem Frauenhelden, zu helfen.

Als ich mich wieder an unseren Tisch gesetzt habe, runzelt Ludwig die Stirn und beugt sich zu mir. »Alles okay? Du wirkst etwas locker in den Beinen«, sagt er unauffällig, aber bestimmt. »Trink lieber keinen Champagner mehr, ja? Wir gehen sowieso gleich.«

Ich nicke nur. Himmel, was für ein Spaßverderber.

Aber ein heißer Spaßverderber.

Meine Gedanken kreisen. Sehnsucht macht sich in mir breit, und ich streiche ihm über die Wange. »Natürlich, Liebling«, sage ich demonstrativ laut, weil ihn das aus dem Konzept bringen wird, zumindest hoffe ich es.

Wie auf Kommando zwinkert Herr Hilbert uns zu. »Es ist schon spät, und das junge Glück will sicher alleine sein.«

Ludwig nickt verlegen.

Oh, so kenne ich ihn ja gar nicht!

»Das war wirklich ein angenehmer Abend«, stellt Herr Siebert fest. »Und unsere Frauen haben sich auch gut verstanden. Ich bin mehr als positiv überrascht. Wie wäre es morgen mit einem Lunch?«

Ludwig wendet sich mir zu. »Eine gute Idee. Was meinst du, Schatz?«

Ich versinke in seinen Augen. Oh Mann, ich hätte nicht so viel Champagner trinken sollen.

»Ähm, ja, natürlich. Es war sehr nett heute, und ich habe mich sehr gefreut, Sie alle kennenzulernen.«

»Wunderbar!«

Schließlich stehen alle auf, und wir gehen gemeinsam hinaus in die Lobby. Ludwig hält die ganze Zeit über meine Hand, auch noch nachdem wir uns von den anderen verabschiedet haben und im Aufzug nach oben fahren. Nun merke ich erst, wie sehr mir der Champagner tatsächlich in den Kopf gestiegen ist, denn plötzlich muss ich kichern.

Ludwig steht jetzt ganz dicht vor mir, und ich blicke auf seine Lippen. »Hattest du schon viele Frauen?«, frage ich.

»Einige.«

Als der Aufzug anhält, zieht er mich hinaus auf den Flur, in Richtung unserer Suite.

Ich schwanke ein wenig, was bestimmt am Champagner liegt. Okay, das war vielleicht wirklich etwas zu viel.

Ludwig schiebt die Schlüsselkarte in den Schlitz, die Tür öffnet sich, und ich wanke hinein.

Mit strenger Miene mustert er mich. »Möchtest du ein Wasser? Du wirkst in der Tat ganz schön beschwipst.«

»Nur ein ganz kleines bisschen«, erkläre ich und versuche, meine Stimme so fest wie möglich klingen zu lassen.

»Danke«, sagt er ein wenig verlegen, »du hast das heute wirklich toll gemacht.«

Mein Herz macht einen Satz. »Gern geschehen. Ich hatte ja auch genaue Vorgaben.«

Er kommt auf mich zu und sieht mir tief in die Augen. »Schon, aber trotzdem hast du alles sehr gut gemeistert, Frau Doktor.«

Ich weiß nicht, was er gerade denkt, aber in seinem Blick spiegelt sich Verlangen. Und als er noch ein wenig näher kommt, beschleunigt sich sofort meine Atmung. Mein Puls beginnt zu rasen.

Er sieht so unverschämt gut aus. Zum Verlieben. Dabei weiß ich doch, dass wir zu verschieden sind. Und dennoch, ihn so nah vor mir zu haben, mit diesem leichten Schwips vom Champagner und dem pochenden Herzen in meiner Brust …

Was soll ich jetzt machen? Ganz ehrlich? Am liebsten würde ich meine Hand an seine Wange legen, ihn an mich ziehen und meine Lippen auf seine legen. Schon bei dem Gedanken schmelze ich dahin.

Aber ich weiß, dass es keine gute Idee ist, denn er sieht etwas anderes in mir. Nicht mich, sondern das, was er sich von einer Frau ersehnt, was ich für ihn spiele. Ich bin nicht diese Frau, die er sich auf dem Papier zusammengezaubert hat. Ich reite nicht, löse keine Kreuzworträtsel und koche keine Lachspasta.

»Darf ich dir etwas sagen, Ludwig?«

Er sieht mich an und nickt.

»Ich weiß, wir beide haben sehr unterschiedliche Ansichten, was Liebe und Beziehungen angeht.«

»Ja, ich suche keine Beziehungen, du aber schon«, flüstert er.

Ich nehme all meinen Mut zusammen. »Ja, und auch wenn das so ist, kann ich nicht leugnen, dass du mir gefällst. Aber genau deswegen möchte ich, dass wir uns an den Plan halten. Das ist wirklich besser so. Und eigentlich hättest du mich nicht küssen dürfen.«

»Das stimmt. Tut mir leid, das wird nicht wieder passieren. Es war ein Impuls, ich weiß nicht, woher er kam.«

Dann sehen wir uns kurz an. Erkenne ich da einen kleinen Anflug von Traurigkeit in seinem Blick?

»Wir sollten jetzt schlafen. Morgen wird ein anstrengender Tag«, sage ich.

Er atmet tief durch. »Ja, das sollten wir.«

»Also dann gute Nacht, Ludwig.« Ich wende mich von ihm ab, um in meinem Schlafzimmer zu verschwinden.

Als ich die Tür hinter mir schließe, klopft mein Herz wie verrückt. Ich weiß, dass er mich nicht küssen darf, weil es falsch ist. Aber es hat sich trotzdem richtig angefühlt.

Es ist mein Job

»Guten Morgen, Elisa. Möchtest du etwas frühstücken?« Als ich im Jogginganzug aus meinem Schlafzimmer trete, sitzt Ludwig bereits am gedeckten Tisch und lächelt mir entgegen.

»Guten Morgen. Ja, gerne.«

»Kaffee?«

»Unbedingt.«

Er lächelt und gießt mir aus einer silberglänzenden Kanne ein. »Wie trinkst du ihn gerne? Mit Milch? Zucker?«

»Laut Vertrag schwarz.« Ich zwinkere ihm zu.

»Und in Wirklichkeit?«

»Mit Milch.«

Er greift nach dem Kännchen mit der Milch und reicht es mir. Kurz scheint er über irgendetwas nachzudenken, fasst sich dann aber rasch wieder. »Hast du etwas zum Anziehen für den Lunch später?«, will er wissen.

»Ja, ich denke, ich finde was Hübsches. Annette hat ja gestern einiges für mich ausgesucht. Unter anderem ein wirklich hübsches Frühlingskleid mit einer hellen Leinenjacke.«

»Klingt wunderbar. Du siehst sicher hinreißend darin aus.«

»Danke.« Ich greife nach einem Croissant.

Plötzlich sieht er mich wieder mit diesem Blick an. »Gestern, da habe ich mich fast hinreißen lassen. Du warst so unglaublich und ich … Nicht dass du das Gefühl hast, ich erwarte das von dir. Du warst zu gut in deiner Rolle. Das war auch der Grund, warum ich dich beim Essen geküsst habe. Und dann auch noch auf den Mund. Es tut mir leid, das wollte ich noch mal sagen.«

Ich nicke. »Schon okay. Wir haben ja darüber gesprochen. Sag mal, dieser Vertrag hat mich gestern noch beschäftigt. Was da alles drinsteht – ist es das, was du dir von einer Frau wünschst?«

»Nun ja, es kommt meiner Vorstellung von der perfekten Frau sehr nahe.«

Seine Vorstellung von der perfekten Frau. Also wirklich.

»Das heißt, du hast dir ein Bild von einer Frau geschaffen, die in deinen Augen perfekt ist? Und du würdest dich in so eine Frau verlieben? Ist das nicht etwas … etwas merkwürdig? Ich dachte immer, *ich* erwarte viel, aber du …«

Er zuckt mit den Schultern und blickt eine Weile ins Leere. »Keine Ahnung, so stelle ich mir das eben vor. Ich weiß aber sehr gut, dass Beziehungen nicht so sind. Sie bedeuten nur Ärger, Streit und Unzufriedenheit. Aber das gibt ja keiner zu.«

Ich lächle. »Man merkt, dass du wirklich noch keine Beziehung hattest.«

»Ach ja? Ist es denn nicht so?«

»Natürlich gibt es in einer Beziehung auch mal Streit, und natürlich ist nicht alles perfekt. Aber man liebt das ja auch an dem anderen. Dieses Unperfekte. Weißt du, was ich meine?«

Er schüttelt den Kopf. »Nein, ich habe das nie so erlebt.« Schließlich steht er auf. »Entschuldige bitte, aber ich muss eben noch ein paar Telefonate führen. Ich hole dich in zwei Stunden ab.«

»Gut, dann bis später.« Ich lehne mich zurück und wende mein Gesicht der Sonne zu, die in den Raum blinzelt. »Ich werde in der Zwischenzeit ein paar Kreuzworträtsel lösen.«

Er zieht eine Augenbraue nach oben. Aber mir entgeht nicht das leichte Lächeln auf seinen Lippen.

Nachdem er den Raum verlassen hat und ich fertig gefrühstückt habe, sitze ich noch eine Weile da und genieße die Wärme, die die Sonne ins Zimmer trägt. Dann gehe ich unter die Dusche, kleide mich an und warte, bis Ludwig mich abholt, um unser Liebestheater weiterzuspielen. Und doch lässt mich die Frage nicht los, warum Ludwig so ist, wie er ist.

Das Treffen mit den Herren Hilbert und Siebert mitsamt ihren Gattinnen verläuft letztendlich so, wie ich es mir nach dem Dinner gestern Abend vorgestellt habe. Erst gehen wir spazieren, dann folgt ein leichtes Mittagessen, und die Gespräche drehen sich wieder um die Geschäfte und natürlich auch um Mode und Kosmetik. Ich spiele meine Rolle und bin ehrlich gesagt erleichtert, als die Herren irgendwann alleine weitersprechen wollen.

Und so beschließe ich, die freie Zeit zu nutzen, um mir den Wellnessbereich des Hotels genauer anzusehen. In einen flauschigen Bademantel gehüllt und mit einem Buch in der Hand relaxe ich neben dem Pool auf einer Liege und fühle mich so entspannt wie nie. Fast fühlt es sich an, als wären alle meine Sorgen weit, weit weg. Gut, im Moment sind sie es ja auch irgendwie. Bald habe ich meinen Job hier erfüllt, dann werde ich mir überlegen, wie ich das nötige Kapital für den Kauf des Ladens zusammenbringen kann.

Gerade bin ich wieder in meinem Buch versunken, als ich plötzlich Stimmen höre. Stimmen, die mir bekannt vorkommen. Bitte nicht! Das Letzte, was ich will, ist, mir mit Katharina und Emily die Zeit zu vertreiben.

Doch jetzt ist es zu spät, die beiden haben mich schon entdeckt.

»Marina!«, ruft Emily. »Auch hier, um den Wellnessbereich zu testen?«

Ich setze mich mit einem Lächeln auf. »Ja, ein bisschen die Seele baumeln lassen.«

»Wir haben gleich noch einen Massagetermin, aber bis dahin dürfen wir dir doch Gesellschaft leisten, oder?«

Nein, ich will meine Ruhe, denke ich, sage aber: »Klar. Ich freue mich, euch zu sehen.«

Sie setzen sich auf die beiden freien Liegen neben mir.

»Schön, dass unsere Männer jetzt alleine unterwegs sind«, sagt Emily. »Man braucht ab und zu auch mal Zeit für sich.«

»Das sehe ich genauso. Ach, ich bin so verspannt.« Katharina greift sich an die Schulter. »Ich kann es kaum erwarten, dass Philipp sich ihr annimmt. Du musst dich unbedingt mal von ihm massieren lassen, Marina, er hat begnadete Hände.«

Ich nicke. »Danke, vielleicht mache ich das ja.«

»Wann ist eigentlich der große Tag?«, will Katharina wissen, und ich fange an zu überlegen.

Mist, was stand noch mal im Vertrag? Ah, Juli. Fünfzehnter Juli.

»Am fünfzehnten Juli ist es so weit«, sage ich mit einem gespielten Lächeln.

»Wunderbar!« Katharinas Gesicht beginnt zu strahlen. »Eine Sommerhochzeit, wie bei uns.«

»Ist ja gar nicht mehr so lange hin«, stellt Emily fest. »Habt ihr denn schon alles organisiert?«

»Wir haben einen Hochzeitsplaner. Und ja, das meiste steht.«

Hoffentlich hören sie nun auf, mich so zu löchern.

Emily streicht sich die Haare aus dem Gesicht. »Das geht ja alles ziemlich schnell. Euch beide scheint es wirklich erwischt zu haben.«

Na toll, war ja klar. Jetzt werde ich doch weiter ausgefragt und gelöchert. Okay, ganz entspannt bleiben, Elisa. Und so lächle ich einfach weiter und stelle mich den musternden Blicken der beiden. »Ja, das hat es.«

»Es hieß ja immer: Ludwig Bergmann, der Mann, der nichts als seine Arbeit im Kopf hat. Da wundert es einen ja wirklich, dass er überhaupt Zeit hat für eine Beziehung«, meint Emily. »Deswegen war mein Christian anfangs auch nicht allzu begeistert, diesen Deal mit ihm zu machen. Es gibt viele Gerüchte über ihn, er sei zu verbissen, zu ehrgeizig, herzlos. Sein Vater muss wohl auch so gewesen sein. Man erzählt sich sogar, Ludwig gehe für das, was er will, über Leichen.« Sie kichert.

Katharina boxt Emily in die Seite. »Du, sei nicht so gemein!«

»Ich sage ja nur, was ich so gehört habe. Aber es ist umso erfreulicher, dass er bei dir wohl anders ist.« Emily schenkt mir ein Lächeln, das irgendwie aufgesetzt wirkt, dann blickt sie auf die Uhr. »Oh, wir müssen los, Philipp wartet. Bis später dann.«

Als die beiden endlich verschwunden sind, atme ich erleichtert auf. Ich versuche, die Erinnerung an das, was sie mir gerade erzählt haben, beiseitezuschieben und mich wieder meinem Buch zu widmen. Aber wenn ich ehrlich bin, lese ich nicht wirklich darin, und als ich merke, wie ich einen Satz immer und immer wieder von Neuem beginne, gebe ich auf und klappe es zu.

Ich brauche dringend eine Abkühlung, also stehe ich auf und springe in den Pool. Sogleich fühle ich mich besser.

Eigentlich sollte es mir doch egal sein, was die Leute über Ludwig tratschen. Es ist mein Job - nicht mehr und nicht weniger. Das sollte ich ein für alle Mal akzeptieren.

Noch mal küssen?

Es ist kurz vor sieben, als ich fertig fürs Abendessen bin. Heute habe ich ein rotes Kleid gewählt und meine langen Haare selbst eingedreht, sodass sie in weichen Wellen mein Gesicht umspielen.

Während ich mich im Spiegel betrachte, denke ich noch einmal an das Gespräch mit Katharina und Emily im Wellnessbereich zurück. Auch wenn ich es gar nicht will, schwirren mir ihre Worte noch immer im Kopf herum. Doch ich versuche, sie wegzuschieben, als es an der Tür klopft.

»Bist du fertig?«, höre ich Ludwigs Stimme.

»Ja, ich komme schon.« Ich streiche mir eine Haarsträhne aus dem Gesicht und schlüpfe eben noch in rote, hohe Pumps, die wahnsinnig teuer aussehen.

Als ich aus meiner Schlafzimmertür trete, steht Ludwig vor mir, in einem perfekt sitzenden Anzug, eine Hand in der Tasche seines Jacketts. Ich muss zugeben, dass er wieder umwerfend gut aussieht.

»Hey, du siehst sehr hübsch aus«, sagt er und lächelt.

Ich trete näher an ihn heran. Sofort kriecht mir der Duft seines Aftershaves in die Nase, und in meinem Bauch beginnt es abermals zu kribbeln. »Danke. Bereit für ein neues Spiel?«

Als wir in der Lobby ankommen, warten die Herren Hilbert und Siebert samt ihren Frauen schon auf uns.

Ludwig blickt auf die Uhr. »Ich hoffe, wir sind nicht zu spät?«, fragt er, aber die Herren schütteln den Kopf.

»Alles ist gut. Die Damen wollten schon früher losgehen, sie hatten Champagnerdurst«, erklärt Herr Hilbert.

Im Restaurant schiebt Ludwig mir den Stuhl zurecht, dann tritt auch schon ein freundlicher Kellner zu uns an den Tisch und fragt nach unserer Bestellung. Die Herren wählen Champagner, Wein und dazu zwei Flaschen Wasser sowie die Vorspeisenplatte.

Als der Kellner mit den Flaschen kommt, gießt Ludwig mir ungefragt Rotwein ein. Natürlich, laut Vertrag trinken wir ja beide am liebsten Rotwein.

»Hatten Sie einen schönen Tag, Marina?«, will Herr Siebert wissen.

»Ja, sehr angenehm.« Ich deute auf Emily und Katharina. »Wir sind uns im Spa-Bereich begegnet.

Herr Hilbert lacht. »Ja, so ist das nun mal. Unsere Frauen machen es sich gemütlich, während wir unseren Geschäften nachgehen. Aber jetzt lasst uns anstoßen. Auf einen schönen Abend.«

Während alle die Gläser heben, wird auch schon die Vorspeise serviert. Es gibt eine Platte mit Meeresfrüchten und kleinen italienischen Häppchen.

Emily nimmt sich etwas auf ihren Teller und wirft Katharina einen verstohlenen Blick zu. »Sie haben gesagt, Sie sind Ärztin, Marina. An welchem Krankenhaus denn?«

Himmel, was stand noch mal im Vertrag? Ich habe es total vergessen.

»In der Hofstätter-Klinik«, antwortet Ludwig an meiner Stelle und tätschelt meine Hand.

Glück gehabt, Elisa.

Emily, was auch immer sie damit bezwecken wollte, senkt schnell den Kopf und widmet sich den Leckereien auf ihrem Teller. So ein Biest, denke ich mir und halte kurz den Atem an. Ich habe so ein Gefühl, als würde sie etwas im Schilde führen. Sie war schon heute Nachmittag im Wellnessbereich irgendwie so biestig.

»Wussten Sie schon immer, dass Sie Menschenleben retten wollen?«, mischt sich Herr Hilbert in das Gespräch ein, und ich nehme einen Schluck aus meinem Glas, um etwas Zeit zu schinden.

Schließlich lächle ich. »Wissen Sie, ehrlich gesagt nein. Eigentlich hatte ich immer den Wunsch zu backen.«

Aus dem Augenwinkel erkenne ich, wie Ludwig mich von der Seite mustert.

»Zu backen?«, fragt Katharina ungläubig, während Hilbert und Siebert zu strahlen beginnen.

»Na, das ist ja mal eine Verbindung. Wie schön, dann passt ja alles wunderbar zusammen«, sagt Herr Hilbert.

Ich kann mit seinen Worten überhaupt nichts anfangen, denke aber nicht darüber nach, sondern freue mich, über etwas sprechen zu können, das mir Freude bereitet, das mich ausfüllt. »Ja, mein Traum war es immer, eine kleine Bäckerei zu eröffnen und die Menschen mit besonderem, qualitativ hochwertigem Gebäck glücklich zu machen. Meine Oma hatte früher eine kleine Bäckerei in der Stadt, daher bin ich in der Backstube groß geworden. Manchmal würde ich das gerne wieder tun.«

»Träume zu haben, ist etwas Schönes. Ich gestehe, dass ich immer gerne Gedichte geschrieben habe«, gibt Herr Hilbert unumwunden zu.

Herr Siebert nickt. »Ich liebe die Kunst ebenfalls, doch ich habe absolut kein Talent dafür. Aber meine Katharina kann wirklich ausgesprochen gut zeichnen.«

Bei seinen Worten sehe ich ein kleines Leuchten in Katharinas Augen aufblitzen. Irgendwie ist es doch so, dass alle Menschen ganz tief drinnen Träume und Sehnsüchte haben.

»Und Sie, Ludwig, wollten Sie immer in diese Branche? Unternehmen gestalten, die Zukunft erobern?«

»Ja, mein Traum war es stets, erfolgreich zu sein in dem, was ich tue.« Nachdenklich streicht Ludwig über den Rand seines Weinglases, und ich habe das Gefühl, als würde das nicht so recht der Wahrheit entsprechen.

»So wie ich«, stellt Emily fest. »Tut mir leid, aber mal ehrlich, die meisten Träume sind nichts als Schäume, oder? Da ist mir dieser prickelnde Schaum hier lieber.« Kichernd hält sie ihrem Gatten ihr Glas hin, und er gießt ihr Champagner nach.

»Was zeichnest du denn, Katharina?«, frage ich ehrlich interessiert, auch weil Emilys Gefasel mich anödet.

Katharina lächelt. »Ich habe immer gerne Kinderbücher illustriert, es machte mir einfach Freude. Aber nach meiner Hochzeit habe ich damit aufgehört.« Ihr Blick wirkt ein wenig traurig.

»Wie schade. Ich finde es super, wenn man etwas hat, das einem Freude bereitet. Ich backe noch immer gerne. Einfach, weil es mir Ruhe verschafft – gerade wenn mir mal alles über den Kopf wächst. Und mal ehrlich, jeder von uns kennt doch dieses Gefühl. Die Welt ist nicht perfekt. Das muss sie aber auch nicht sein.«

»Nun, da haben Sie schon recht, Marina«, sagt ihr Mann. »Aber wir haben irgendwann für Katharina beschlossen, dass es zu viel Zeit in Anspruch nimmt.«

»Ich habe es schon gerne gemacht«, gibt Katharina zu.

»Du kannst ja wieder damit anfangen«, schlage ich vor. »Ich habe auch schon überlegt, meinen Traum von einer Bäckerei vielleicht eines Tages wahr zu machen.« Auf einmal sind alle Augen auf mich gerichtet, vor allem Ludwigs. Rasch füge ich hinzu: »Das war nur so eine Überlegung, reine Hypothese.«

Herr Siebert runzelt die Stirn. »Aber Sie sind Ärztin, wie kann man da lieber Kuchen backen wollen? Das ist doch nicht sinnvoll?«

»Nun, ich denke, dass alles, was einen beflügelt und erfüllt, sinnvoll ist. Das können auch die Tätigkeiten sein, die scheinbar kleiner und einfacher sind. Menschen wie Katharina zum Beispiel haben den Traum zu zeichnen, mit ihren Bildern zaubern sie den Menschen Freude ins Herz. So hat jeder einen Platz und alles seinen Sinn. Die Freude an dem, was man tut, ist doch der größte Sinn, den man an seiner Arbeit finden kann.«

Katharina legt ihre Hand auf meinen Unterarm, und ich habe ganz plötzlich das Gefühl, einen Draht zu ihr aufgebaut zu haben.

»Nun, eine sehr interessante Denkweise«, meint Herr Hilbert. »Ihrer zukünftigen Frau fehlt es jedenfalls nicht an Leidenschaft, Ludwig. Sie sind zu beneiden.«

Schließlich wird der Hauptgang serviert, und die Gespräche driften wieder ab. Emily und Katharina reden über Mode, ich lächle und versuche, meine Rolle perfekt weiterzuspielen. Doch mir entgeht nicht, wie Ludwig mir immer wieder Blicke zuwirft.

»Das war wirklich ein schöner Abend«, sagt Herr Hilbert, als wir alle zusammen im Fahrstuhl nach oben fahren.

Ludwig und ich steigen im dritten Stock aus. Während er die Schlüsselkarte durch den Schlitz zieht, dreht er sich zu mir um und sieht mich an.

»Was ist?«, frage ich.

»Hast du«, er räuspert sich, »hast du vielleicht Lust, noch etwas trinken zu gehen? An die Bar vielleicht?«

Ich ziehe eine Augenbraue nach oben. »Außerplanmäßig? Nur du und ich?«

Er lächelt. »Ja. Also, was meinst du? Natürlich nur, wenn du willst.«

Verwundert sehe ich ihn an, doch dann nicke ich. »In Ordnung, lass uns noch was trinken gehen.«

Wenige Minuten später sitze ich neben Ludwig an der Hotelbar.

»Rot- oder Weißwein?«, will er wissen.

»Im Vertrag steht Rotwein«, antworte ich trocken.

»Ich weiß, aber ich würde gerne wissen, was Elisa mag.«

»Dann Weißwein bitte.«

Er bestellt einmal Weißwein für mich und einmal Rotwein für sich.

Als die Bedienung die Gläser vor uns abstellt, stoßen wir an.

»Danke, dass du hier bist«, sagt er und blickt mir fest in die Augen. »Was du heute gesagt hast, das war wirklich beeindruckend.«

»Was meinst du?«

»Das über die Träume. Ich muss zugeben, ich war erst ein wenig überfahren, als das Thema zur Sprache kam, aber du hast das wirklich sehr gut gelöst.«

»Danke, aber ich habe nur gesagt, was ich auch wirklich meine.«

Ludwig nimmt einen Schluck aus seinem Glas. »Dein Traum ist es also zu backen? Schon immer?«

»Ja, das liegt sozusagen in der Familie. Meine Oma, meine Mama und ich, wir waren immer in der Backstube. Deswegen war es auch mein Traum, irgendwann meine eigene Bäckerei zu eröffnen. Und den habe ich mir erfüllt. Darin steckt mein ganzes Herzblut.«

»Ach, warst du deswegen auf der Party bei den von Kimmens?«, fragt er erstaunt. »Die Törtchen …«

Ich nicke.

»Sehr interessant. Das wusste ich nicht. Und du stellst alles selbst her?«

»Ja, und ich probiere immer wieder neue Rezepte aus, damit ich auch wirklich einzigartige Produkte anbieten kann.« Ich seufze. »Doch leider habe ich das Problem, dass der Laden mir nicht gehört. Ich habe ihn nur gepachtet. Bald läuft mein Vertrag aus, und leider will der Pächter ihn nicht verlängern, weil eine große Billigbackkette daran interessiert, ist die Räumlichkeiten zu kaufen. Sie kann weitaus mehr zahlen als ich, und außerdem passt angeblich der Standort optimal in ihr Konzept. Ich würde ja den Laden selbst kaufen, aber ich habe nicht genug Eigenkapital, um einen Kredit von der Bank zu bekommen. Wenn also nicht bald ein Wunder geschieht, muss ich meine Bäckerei schließen. Doch dann kamst du mit diesem Angebot, ausgelöst durch diesen Kuss. Verrückt.«

Sein Blick ruht auf mir. »Deswegen ist dir das mit dem Geld so wichtig, oder?«

»Ja, es wäre immerhin eine Chance.«

Er nickt. »Du bist mutig und unerschrocken, kämpfst für das, was dir wichtig ist. Ich bewundere das, wirklich.«

Wie er mich ansieht, so warm und intensiv wie nie. Nervös nehme ich einen tiefen Schluck aus meinem Weinglas. »Danke, obwohl ich mich eigentlich gar nicht so unerschrocken fühle.«

Ich ertappe mich dabei, wie ich auf seine Lippen starre. Schnell sehe ich weg, denn in meinem Bauch kribbelt es wieder viel zu sehr.

»Und was ist mit dir?«, frage ich. »Gibt es nichts, was du dir schon immer gewünscht hast? Ist Erfolg wirklich alles für dich?«

Nachdenklich dreht er den Stiel seines Glases in der Hand. »Meine Wünsche? Willst du die wirklich wissen?«

»Natürlich, erzähle.«

»Rate mal.«

»Ich soll raten? Okay, also wenn ich dich an dem messe, was im Vertrag steht, dann wolltest du vielleicht schon immer professioneller Kreuzworträtsel-Löser werden.«

Er grinst. »Das sicher nicht.«

»Also schön, dann raus mit der Sprache.«

»Musik, ich habe immer die Musik geliebt.« Er atmet tief durch.

Erstaunt sehe ich ihn an. »Ist das dein Ernst?«

»Ja, ich habe Klavier gespielt, und ich habe es geliebt.« Er betrachtet seine Hände. Wieder fällt mir auf, wie schlank sie sind. »Aber nicht nur das, ich habe auch gerne Gitarre gespielt, vor allem, um die Mädchen zu beeindrucken.«

Ich kann mir ein Grinsen nicht verkneifen. »Ah, da ist wieder der Ludwig, wie ich ihn kennengelernt habe. Immer auf der Suche nach neuen Frauenherzen.«

»Ich breche keine Frauenherzen, ich sage immer klar, was ich will.«

»Stimmt, deswegen sind wir uns ja auch einig, dass wir die Finger voneinander lassen, weil du Mister-*ich-werde-mich-nie-verlieben* bist.«

»So ist es.«

»Aber soll ich dir was sagen? Irgendwann, da trifft es dich, dann kannst du nicht mehr aufhören, an diese eine Frau zu denken. Dann hast du das Gefühl, als würde dir ohne sie etwas im Leben fehlen. Perfekt oder nicht.«

Er lächelt. »Das ist wirklich unwahrscheinlich. Aber du bist eben eine Romantikerin.«

»Vielleicht.« Ich lächle zurück. »Und, machst du noch Musik, so ab und zu?«

Er schüttelt den Kopf. Plötzlich ist da eine Traurigkeit, die ihn umgibt und die ich nicht verstehe. Ich weiß nicht, ob er sie überhaupt selbst bemerkt.

»Es ist keine Zeit dafür, ich ...« Er winkt ab. Mein Talent ist es, große Geschäfte abzuschließen.«

Doch so recht nehme ich ihm das nicht ab. Auf jeden Fall merke ich, dass es ein sensibles Thema für ihn ist.

Ich greife nach seiner Hand. »Dann lebst du ja doch deinen Traum?«

»Ja, ich denke, das tue ich. Ich reise viel, bin unterwegs, treffe viele Menschen. Mir fehlt nichts.«

»Bist du nicht manchmal einsam?«

Irgendwie überrascht sieht er mich an. »Man vermisst nichts, was man nicht kennt.«

Heftig schüttle ich den Kopf. »Das kann ich mir nicht vorstellen. Ich bin froh, dass ich meine beste Freundin Sam und meine Tante Helene habe. Sie sind immer für mich da und unterstützen mich. Jeder braucht doch jemanden, der für einen da ist und der einen hält, oder?«

Er zuckt mit den Schultern. »Wie gesagt, ich bin es gewohnt, mich auf mich selbst zu verlassen. Und ich arbeite jeden Tag. Das ist es, was mich ausmacht, was ich bin.«

»Das ist doch nicht, was du bist, Ludwig!«, entfährt es mir. »Ich liebe auch das Backen, aber es ist nicht alles im Leben. Ich fahre auch gerne Fahrrad oder lese mal ein Buch. Tust du denn nichts in deiner Freizeit?«

»Du stellst Fragen … Ich habe nicht viel Freizeit, seit Jahren nicht.«

»Dann musst du das ändern.«

Er lächelt leicht, sagt aber nichts.

»Was ist«, ich überlege, »was ist zum Beispiel für dich ein perfekter Tag?«

»Ein perfekter Tag?«

»Ja, ein perfekter Tag. Ich meine, du hast deine Vorstellungen von der perfekten Frau. Also was ist dann der perfekte Tag für dich?«

»Die Unterschrift unter ein Geschäft …«

Ich rolle mit den Augen. »Nein, wirklich?«

»Na schön.« Er scheint nachzudenken. »Ich weiß nicht. Etwas erleben, Spaß haben, sich lebendig fühlen …« Er schluckt, winkt ab, und es scheint ihm fast peinlich zu sein. »Aber lassen wir das. Ich kann nicht …«

Und doch sehen wir uns ein wenig zu lange in die Augen. Seine Augen wirken plötzlich so tief, und ich frage mich, ob er sich nicht doch ab und zu alleine fühlt.

Schnell sehe ich weg und streiche mir eine Haarsträhne hinters Ohr. Als die Band ein flottes Lied anstimmt, wippe ich mit dem Fuß im Takt der Musik. »Weißt du, was wir jetzt machen?«

»Ähm, nein.«

»Tanzen.« Ich strecke die Hand nach ihm aus, und noch ehe er reagieren kann, ziehe ich ihn schon mit mir auf die Tanzfläche.

»Nicht so steif, Ludwig, du musst dich schon bewegen«, sage ich und drehe mich einmal um die eigene Achse, während ich noch immer seine Hand halte.

Ich merke, wie er mit jedem Takt gelöster wird. Das Lächeln auf seinen Lippen ist mit einem Mal so entspannt. Die Musik trägt uns, und ich spüre die Leichtigkeit.

Ein langsameres Lied beginnt, und seine grauen Augen fixieren mich regelrecht, als er mich unerwartet an sich zieht. Wir sind uns viel zu nah, seine Hand in meiner, die andere an meiner Taille. Jeder Winkel in mir wird ausgefüllt von seiner Berührung. Er wiegt mich in seinen Armen, und zwischen uns ist kaum noch Abstand, vielleicht wenige Zentimeter. Ein Kribbeln überspannt meinen Körper, während sich unsere Blicke immer wieder treffen. Er drückt mich noch stärker an sich, und mir wird heiß.

Doch dann werde ich wieder vernünftig, so schwer es mir auch fällt. Das zwischen uns – wir haben das besprochen. Wir sind zwei Menschen mit zu unterschiedlichen Vorstellungen.

Mit den letzten Klängen des Liedes löse ich mich von ihm. Kurz sehen wir uns verwirrt an, als wäre es uns peinlich. Ludwig blinzelt und streicht sich nervös durch die Haare. Offenbar ist er ebenso benommen wie ich. Benommen von der plötzlichen Nähe.

»Wir sollten nach oben gehen. Was meinst du?«, fragt er.

Ich nicke. »Ja, es ist schon spät.«

Gemeinsam verlassen wir die Bar und betreten den Aufzug, wo uns das grelle Licht der Realität erfasst.

Als wir unsere Suite betreten, suche ich nach dem Lichtschalter. Plötzlich steht Ludwig ganz dicht vor mir. »Danke, das war ein schöner Abend.« Er atmet tief ein, neigt sich zu mir und flüstert: »Mit dir ist es so … anders.«

Etwas in mir zuckt zusammen, als ich seine Stimme so nah an meinem Ohr höre. Sein warmer Atem streichelt mich und entfacht ein heißes Kribbeln in meinem Bauch.

»Wie anders? Ist das jetzt ein Kompliment? Ein Kompliment à la Ludwig?«

Er lächelt. »Ja, das kann man so sagen.«

»Okay, dann danke.«

Sein Blick wandert über mein Dekolleté, doch dann hebt er den Kopf gleich wieder. Ich verfluche mich, dass es in mir schon wieder so kribbelt und dass ich kurz davor bin, ihm zu verfallen.

»Weißt du, was ich jetzt am liebsten tun würde?«

Ich schüttle den Kopf.

»Dich küssen. Ich würde dich jetzt wahnsinnig gerne küssen.« Nachdenklich streichelt er über meine Schulter.

»Aber es ist keine gute Idee«, sage ich und beiße mir auf die Lippe, weil mir abwechselnd heiß und kalt wird.

»Warum nicht?«

»Das weißt du genau. Weil du etwas anderes willst als ich. Eine perfekte Frau. Eine, mit der du nicht zusammen sein musst.«

»Aber es wäre nur ein Kuss.« Er nähert sich mir noch ein bisschen mehr, und ich spüre die Hitze, die von ihm ausgeht. »Ein winziger Kuss.« Seine Stimme ist jetzt noch viel rauer als sonst, und seine Fingerspitzen berühren meine Wange.

Was soll ich denn jetzt tun? Ich würde ihn doch auch so gerne küssen. Aber wenn ich jetzt schwach werde, verliere ich mich mit Haut und Haaren in ihm, mit ihm.

»Nein«, flüstere ich.

Er atmet tief durch. »Du hast recht. Tut mir leid.« Unsere Augen sind sich ganz nah. »Ich bin der schrecklichste Mann, den du je kennengelernt hast, oder?«

Ich lächle. »Das kann man so sagen.«

Und der unglaublichste Mann, denke ich, der geheimnisvollste und anziehendste.

Ich beuge mich vor und hauche ihm einen Kuss auf die Wange. »Ich mag dich, Ludwig. Und um ehrlich zu sein, ich würde dich auch gerne noch mal küssen. Sehr gerne sogar. Aber es geht nicht.«

Ich meine, die Regeln sind doch klar, auch wenn ich mir wünschte, dass es nicht so wäre. Er will etwas anderes als ich. Ich suche die Liebe, er nicht.

Er seufzt, dann nickt er. »Du hast recht, und es tut mir leid. Mir fiel es nur noch nie so schwer, mich von einer Frau fernzuhalten. Aber ich verspreche dir, ich sage solche Dinge, wie dass ich dich gerne küssen möchte, nicht mehr, okay?«

»Okay.«

»Gute Nacht, Elisa«, flüstert er und sieht mir nach, während ich ohne ein weiteres Wort die Schlafzimmertür hinter mir schließe.

Mit klopfendem Herzen schalte ich das Licht an. Ich werde jetzt kalt duschen, um wieder klar denken zu können. Doch während ich den sanften Wasserstrahl über meinen Körper perlen lasse, kreisen meine Gedanken trotzdem noch unentwegt um ihn.

Ludwig Bergmann, was für ein Mensch verbirgt sich wirklich in dir?

Es fühlt sich nach mehr an

»Guten Morgen«, flüstere ich, als ich aus dem Schlafzimmer trete.

Ludwig sitzt am Tisch. Er blickt mir entgegen und lächelt leicht. »Guten Morgen, Elisa. Gut geschlafen?«

»Ja, sehr gut. Und du?«

Er nickt, aber seine Augen sagen etwas anderes.

»Ehrlich? Du wirkst etwas zerknautscht.«

Er winkt ab. »Ich habe heute Nacht noch gearbeitet und die Zeit vergessen. Das hätte ich vielleicht nicht tun sollen, aber ich musste mich ablenken.«

Schließlich setze ich mich zu ihm an den Tisch und schenke mir eine Tasse Kaffee ein. »Und, was ist heute der Plan? Was unternehmen wir alle zusammen?« Ich nehme mir ein Brötchen und schneide es auf.

»Diesmal nur ein gemeinsames Essen heute Abend. Doch vorher habe ich noch einiges zu erledigen. Den Tag kannst du gerne für dich nutzen.«

»Oh, okay. Ja, das klingt auch gut.«

Er steht auf, und bevor er den Raum verlässt, sieht er mich noch einmal mit diesem Blick an, bei dem ich immer das Gefühl habe, dass er bis tief in mein Innerstes reicht. Kurz glaube ich, dass er noch etwas sagen will, aber dann wendet er sich ab und geht.

Während ich das Fahrrad, das ich mir im Hotel ausgeliehen habe, um ein wenig die Umgebung zu erkunden, mit einer Hand neben mir herschiebe, habe ich Sam am Handy.

»Was? Also jetzt noch mal von vorne. Ihr habt noch was zusammen getrunken, getanzt, und er wollte dich küssen? Warum hast du es nicht gemacht?«, will sie wissen.

Ich seufze. »Mir ist es auch schwergefallen, sehr sogar. Aber wir beide wollen nicht dasselbe, haben unterschiedliche Ziele und Ansichten. Deswegen wäre es einfach ein Fehler gewesen.«

»Dir ist es also schwergefallen? Dann sind da doch Gefühle im Spiel?«

»Gefühle«, murmle ich.

»Ich denke schon, dass du ein bisschen verknallt bist, oder?«

»Unsinn!« *Ja, bis über beide Ohren*, würde ich am liebsten sagen, aber ich druckse herum. »Nein, er ist kein Mann für Beziehungen, und na ja, es ist egal …«

»Und was machst du jetzt?«

»Mal ein bisschen die Gegend erkunden. Ich habe sozusagen frei, zumindest bis heute Abend. Wie läuft es denn im Laden?«

»Es ist alles in Ordnung, mach dir keine Gedanken.«

Doch das ist leichter gesagt als getan.

»Genieße jetzt einfach mal die Zeit. Du kommst sonst sowieso nie dazu, abzuschalten.«

Ich atme tief ein und aus. »Gut, ich versuche es.«

Dann beenden wir das Gespräch, und ich schwinge mich auf den Fahrradsattel.

Es ist wirklich angenehm, durch den Wald zu radeln, die idyllische Umgebung und die Natur auf mich wirken zu lassen. Ich fahre bis in das nahegelegene kleine Dorf, in dem nicht viel los ist, trinke in einem nostalgisch eingerichteten Café einen Cappuccino und radle dann wieder zurück. Es ist einfach himmlisch und entspannend.

Als ich schließlich das Rad wieder im Hotel abgegeben habe und zurück in unsere Suite komme, ist Ludwig zu meiner Verwunderung schon da und lächelt mir entgegen. »Schönen Tag gehabt?«

Ich fahre mir durchs Haar. Bestimmt sehe ich ganz verschwitzt aus. Gar nicht gestylt, und die Kleidung, die ich trage, ist auch sehr leger.

»Gut siehst du aus«, sagt er prompt und mustert mich.

Ich ziehe die Augenbrauen zusammen. »Echt jetzt?«

Er lacht. »Ja, echt jetzt. Was hast du heute gemacht?«

»Ich habe ein bisschen den Ort erkundet. Es war wirklich schön. Und bei dir? Warst du erfolgreich?«

Er nickt. »Ja, das kann man so sagen. Und was noch besser ist, wir haben den Abend heute frei.« Sein Blick wandert über meinen Körper, und ich spüre ein Prickeln im Magen.

»Ehrlich? Warum das?«

»Die beiden Herren haben andere Pläne. Vielleicht werde ich ein bisschen arbeiten.«

»Ich habe da eine bessere Idee«, sage ich spontan, ohne lange nachzudenken.

»Und die wäre?«

»Hättest du Lust, noch ein wenig mit mir an den See zu gehen?«

Überrascht sieht er mich an. »Heute noch?«

»Na klar. Der See ist nicht weit weg, und wir können doch auch mal spazieren gehen. Hättest du denn Lust, du Stubenhocker? Die Arbeit kann ruhig mal warten, oder?«

»Eigentlich …« Doch dann hält er inne und lächelt. »Also schön, dann lass uns gehen.«

Wenig später machen wir uns auf den Weg zu dem kleinen See im Wald, den man von unserer Dachterrasse aus sehen kann. Der schmale Pfad dorthin ist ein wenig holprig, und als ich kurz ausrutsche, greift Ludwig nach meiner Hand, damit ich nicht falle. Sofort klopft mein Herz ganz heftig.

Schließlich erreichen wir den kleinen See, der umgeben von dichten Bäumen ganz still vor uns liegt. Hin und wieder schafft es ein Strahl der Abendsonne durch das dichte Blattwerk und lässt die Wasseroberfläche funkeln. Es wirkt alles wie verzaubert.

»Und, was sagst du? Habe ich zu viel versprochen? Schöner, als immer nur am Schreibtisch zu sitzen, oder?«, frage ich und breite die Decke, die ich mitgebracht habe, auf dem Boden aus.

Ludwig setzt sich. »Es ist wirklich schön.« Seine Augen wandern über die Umgebung, und er atmet tief durch. Als sein Blick mich trifft, ist der Ausdruck darin so intensiv, dass mir fast schwindelig wird. »Danke, dass du mich hergebracht hast.«

Verlegen winke ich ab und streiche mir die Haare aus dem Gesicht. »Ist doch keine große Sache. Ich dachte nur, dass du auch mal ein bisschen Entspannung gebrauchen kannst. Einfach mal abschalten, an etwas anderes denken. Freizeit sozusagen.«

Er lächelt, dann schweift sein Blick aufs Wasser. Zu gerne wüsste ich, was er gerade denkt.

»Und du hast also wirklich gerne Musik gemacht?«, frage ich vorsichtig.

Er nickt und sieht nun sehr nachdenklich aus. »Ja, ich habe es geliebt. Und dabei ging es mir nicht darum, erfolgreich zu sein, Hallen zu füllen oder sonst etwas in dieser Richtung. Wenn ich Klavier gespielt habe, war das einfach entspannend für mich, auch wenn ich nicht das größte Talent war. Ich hätte mir auch vorstellen können, Musiklehrer zu werden. Aber ...« Er schüttelt den Kopf und hört auf zu sprechen.

»Und warum tust du es nicht mehr? Einfach nur spielen?«

»Hm, gute Frage. Vielleicht liegt es daran, dass mein Vater nicht gerade begeistert davon war. Einmal, es war ein Dienstag, da war es schon nach sieben am Abend, als ich noch immer am Klavier saß. Er war genervt von meinem *Geklimper*, so hat er mein Spiel immer genannt. Stattdessen war es sein erklärtes Ziel, mich schon von klein auf in seine Firma zu integrieren. Also ist er an mir vorbeigegangen und hat den Deckel des Klaviers zugeschlagen. Ich habe mir dabei fast alle Finger gebrochen. Danach wollte ich nicht mehr spielen. Ich wollte immer, dass er stolz auf mich ist, aber ich war ihm nie gut genug.«

Fassungslos sehe ich Ludwig an und habe keine Worte.

»Tue ich dir jetzt leid?«, fragt er mit einem kleinen Lächeln.

Ich schüttle ganz leicht den Kopf. »Nein, es tut mir leid, dass du so ein Arschloch von Vater hast.«

»Hatte. Er ist tot, und ich vermisse ihn nicht.«

»Was ist mit deiner Mutter?«

»Sie lebt in Hamburg. Wir haben nicht viel Kontakt.«

Ich schlucke und greife nach seiner Hand. Sanft fange ich an, sie zu streicheln. Erst fürchte ich, dass er sie mir gleich wieder entzieht, aber er tut es nicht.

»Und wie ist es bei dir? Traurige Geschichten?«

»Auch traurig, aber nicht ganz so sehr wie bei dir«, antworte ich, während ich noch immer über seine Hand streiche. »Meine Mutter ist jung gestorben, meinen Vater habe ich nie kennengelernt. Aber ich habe Sam und Tante Helene. Die beiden geben mir Halt.«

»Warum hast du eigentlich keinen Freund?«, will er wissen.

Ich zucke die Schultern. »Ach, ich habe schon oft nach der Liebe gesucht, aber nie wirklich das gefunden, was ich mir wünsche. Der letzte Reinfall war Matthias – du bist ihm vielleicht auf der Party begegnet. Der hat sich jetzt lieber bei Tina von Kimmen ins warme Nest gelegt.«

»Tut mir leid, das wusste ich nicht.« Dann lächelt er. »Das muss wirklich ein absoluter Idiot sein.«

Warum fängt mein Herz plötzlich an, schneller zu schlagen?

»Das ist nett von dir. Was meinst du, traust du dich ins Wasser?«, frage ich, um die Situation ein wenig aufzulockern.

Entgeistert sieht er mich an. »Wir haben erst Ende März. Das Wasser ist bestimmt eiskalt.«

»Ich weiß, aber das ist doch gerade der Spaß.«

»Du willst also, dass wir krank werden und uns eine Lungenentzündung holen?«

»Nein, ich will, dass du mal etwas wagst, etwas ganz anderes, ein Abenteuer. Also?«

Er zieht die Stirn kraus. »Und was habe ich davon?«

»Nun, du siehst mich in Unterwäsche.«

Jetzt lacht er laut auf. »Okay, ich bin dabei.«

Mutig erhebe ich mich, schlüpfe langsam aus meinem Shirt und der Hose und trage nun wirklich nur noch meine Unterwäsche. »So, jetzt bist du dran.«

Während sein Blick über meinen Körper wandert, tut er es mir gleich, und als er nur noch in Boxershorts und mit nacktem Oberkörper vor mir steht, muss ich mir auf die Unterlippe beißen.

Er sieht mir eine Weile tief in die Augen, dann nimmt er Anlauf und springt ins Wasser. Ich muss kichern, als er wieder auftaucht und laut prustend den Kopf schüttelt.

»Du hast es geschafft!«, rufe ich und klatsche in die Hände. »Du kannst stolz auf dich sein!«

Gerade will ich nach meinem Shirt greifen und wieder hineinschlüpfen, als er auf mich zukommt, ein breites Grinsen auf den Lippen.

»Wie hast du vorhin gesagt? *So, jetzt bist du dran.*« Ehe ich mich versehe, greift er schon um meine Taille und will mich mit sich ziehen.

»Halt, nein, das ist doch viel zu kalt!«

Ohne auf mich zu hören, schnappt er mich und legt mich über seine Schultern.

»Was machst du da, Ludwig? Nein!«

Ich strample wild mit den Beinen, aber er lässt sich davon nicht beirren. Stattdessen trägt er mich ins Wasser und lässt mich an seinem harten Körper entlang hineingleiten. Ganz dicht steht er vor mir. Sofort ist die Kälte vergessen, und in meinem Unterbauch zieht es. Als seine Hände sich auch noch um meine Hüften legen, überzieht eine Gänsehaut meinen gesamten Körper. Meine Gedanken, dieses Verlangen, alles ist sofort wieder spürbar nah.

Doch dann wende ich mich ab. Irgendwie muss ich wieder Herr über meine Sinne werden. Also bücke ich mich und spritze ihn nass. »Eine Abkühlung gefällig?«

»Das war wirklich schön«, sage ich zu Ludwig, als wir zurück im Hotel wieder unsere Suite betreten.

Unsere Haare sind noch feucht, und mir ist kalt, aber ich muss zugeben, dass ich den kleinen Ausflug wirklich genossen habe.

Wieder stehen wir ganz dicht beieinander, als das Telefon klingelt.

»Sorry, ich muss da mal rangehen.« Ludwig räuspert sich ein wenig verlegen und zieht sein Handy aus der Tasche.

Während er telefoniert, gehe ich hinüber in mein Schlafzimmer, um aus den nassen Sachen zu schlüpfen. Gerade in dem Moment, als ich nur in Unterwäsche dastehe, taucht auf einmal Ludwig im Türrahmen auf.

Ich zucke zusammen und halte mir schnell ein Handtuch vor den Körper. »Kannst du nicht anklopfen?«, fahre ich ihn etwas zu barsch an.

Er lacht. »Tut mir leid, du hast die Tür offen stehen lassen.«

»Ach so.« Mist, nun werde ich auch noch ganz rot.

»Ist dir das jetzt etwa peinlich?« Er grinst. »Vorhin am See haben wir uns doch auch schon in Unterwäsche gegenübergestanden.«

Gut, da hat er auch wieder recht.

»Ja, na schön. Aber das war doch was ganz anderes.«

»Na gut, wenn du meinst.« Er zieht eine Augenbraue nach oben. »Ach übrigens, wir könnten doch gleich noch zusammen etwas essen, wenn du magst. Schließlich haben wir heute Abend ja frei.«

»Aha, ich dachte, du willst noch arbeiten?«, kommt es wie aus der Pistole geschossen über meine Lippen. Doch dann besinne ich mich rasch. »Tut mir leid. Das mit dem Essen ist wirklich eine gute Idee. Aber wie wäre es denn, wenn wir hier etwas essen, auf dem Zimmer?«

Ich weiß selbst nicht, warum ich das vorgeschlagen habe. Nicht dass er jetzt womöglich glaubt, ich hätte vor, ihn zu verführen. Was definitiv nicht der Fall ist.

»Hier? Wir beide zusammen?«, fragt Ludwig erstaunt.

Ich nicke.

»Na schön. Warum nicht? Wir waren in den letzten Tagen so oft aus, lass uns heute mal hier bleiben. Ich rufe den Service an und bestelle uns das Abendmenü.«

»Wunderbar. Dann hüpfe ich eben noch unter die Dusche, ziehe ich mich um und komme dann wieder.«

Nachdem er die Schlafzimmertür hinter sich geschlossen hat, verschwinde ich ins Badezimmer, wo ich unter die warmen Wasserperlen steige, mir danach die Haare föhne und in ein zugegeben ziemlich eng anliegendes Strickkleid schlüpfe.

Als ich wieder herauskomme, sitzt Ludwig in Jeans und einem T-Shirt am Tisch. Ich bin erstaunt, wie gut er mir darin gefällt. Ja, die Anzüge, die er sonst immer trägt, stehen ihm, aber jetzt in dieser lässigen Kleidung gefällt er mir sogar noch ein kleines bisschen besser.

Er hebt den Kopf. »Du siehst gut aus.«

»Danke.« *Du ebenso,* will ich noch hinzufügen, da klopft es auch schon.

»Das ist unser Essen.«

Wenig später ist alles gedeckt, und spätestens jetzt merke ich, dass ich einen Bärenhunger habe.

Schließlich sitzen wir da, essen und unterhalten uns dabei über alles Mögliche. Wir lachen über unser Bad im See, während sich immer wieder unsere Blicke treffen.

»Danke. Für den Ausflug und das Essen«, sagt Ludwig irgendwann zu fortgeschrittener Stunde. »Auch für die letzten Tage. Ich hatte wirklich Spaß. Und es sieht gut aus, dass ich den Deal mit Hilbert und Siebert abwickeln kann. Das habe ich vor allem dir zu verdanken.«

»Meinst du mit *dir* Elisa oder Marina?«

Seine Augen weiten sich. »Unterscheidet ihr euch so sehr voneinander?«

»Ich denke schon. Elisa ist nicht perfekt, kann einen Wallach nicht von einer Stute unterscheiden, mag keine Lachspasta und hasst Kreuzworträtsel.«

Er lacht. Ein ehrliches Lachen, das aus seinem Herzen kommt. Dann blickt er mir tief in die Augen. »Ich mag diese Elisa.«

»Und ich diesen Ludwig«, flüstere ich.

Unsere Blicke ruhen aufeinander, und ich fühle ein Wummern in der Magengegend, ein Kribbeln im Bauch.

»Weißt du was, Elisa? Ich habe mich noch nie einen ganzen Abend lang bis tief in die Nacht mit einer Frau über private Dinge unterhalten«, stellt er mit einem Lächeln fest.

»War es denn sehr schlimm?«

»Nein, überhaupt nicht.«

Die Spannung im Raum ist greifbar, die Luft scheint zu flirren. Um mich abzulenken, stehe ich auf und deute zur Tür, die auf die Dachterrasse hinausführt. »Darf ich eben?«

Er nickt, und ich trete hinaus, sauge die frische Luft tief in meine Lungen und blicke über den Wald und die Lichter der umliegenden Dörfer. »Wie schön das hier ist. Hast du die Aussicht überhaupt schon mal genossen?«

Ludwig tritt neben mich, schüttelt den Kopf und atmet ebenfalls hörbar die kühle Nachtluft ein.

»Schau nur, wie groß der Mond am Himmel steht. Er sieht unglaublich beeindruckend aus.«

»Ich habe den Mond schon ewig nicht mehr wahrgenommen«, gibt er zu.

»Das ist schade. Es gibt so viel Schönes auf der Welt. Und das wartet auch auf dich, Ludwig. Nicht nur die Arbeit. Es gibt viel mehr, das wichtig ist.«

Etwas verlegen streicht er sich die Haare zurecht. Wie er so dasteht, sehe ich einen ganz anderen Ludwig als sonst. Ich betrachte seine Lippen, und mein Herz ist kurz davor, aus meinem Brustkorb zu springen. Wir sind uns so nah.

»Es ist schön, sich mit dir zu unterhalten. Und es ist schön, mit dir zusammen zu sein.« Er neigt den Kopf zu mir, und sein Mund ist ganz dicht an meinem Ohr. Eine unglaubliche Gänsehaut überzieht meinen Körper. Er scheint es zu bemerken, denn mit einem Mal streicht er mir über den Arm. So zärtlich, als würde er gerne jeden Zentimeter meiner Haut erkunden. Dann zieht er mich an sich, hält mich fest, und ich spüre seine Lippen auf meinem Haar.

Ein wohliges Gefühl breitet sich in mir aus, fließt durch jeden Winkel meines Körpers, um sich in meinem Magen zu sammeln. Doch ich darf mich davon nicht beeindrucken lassen. Es ist ein Geschäft, mehr nicht. Aber gerade fühlt es sich nach so viel mehr an.

Schließlich schaffe ich es. Ich löse mich von ihm, trete schnell zurück und stürze nach drinnen, in mein Schlafzimmer.

»Bis morgen«, rufe ich noch, während ich mich von innen an die Tür lehne.

»Bis morgen«, antwortet er, und es hört sich an, als würde er dabei lächeln.

Die Wahrheit

Ich werde wach, als es an meine Tür klopft.

»Bist du fertig, Elisa?«, höre ich Ludwigs Stimme.

Verschlafen fahre ich hoch. »Was?«

Nun merke ich erst, dass die Sonne bereits von draußen durch die Fenster dringt. Ich blicke zur Uhr. Schon kurz vor zehn. Himmel! Habe ich so lange geschlafen?

»Komm rein«, rufe ich, und als die Tür aufgeht, steigt mir die Röte auf die Wangen.

Ludwig streckt den Kopf herein. »Alles okay?«

»Ja, klar. Alles gut.«

»Habe ich dich geweckt?«

Ich setze mich auf und versuche, mein Haar zu bändigen, das mir sicherlich kreuz und quer vom Kopf absteht. »Tut mir leid, dass ich verschlafen habe. Die Matratze hier ist einfach zu bequem.«

Er lächelt. Ein ehrliches Lächeln, das seine Augen erreicht. »Na dann. Es gibt noch Frühstück. Du hast noch eine Dreiviertelstunde, dann müssen wir aber wirklich los. Mach dich eben rasch fertig, wir sehen uns gleich.«

Bevor er den Raum wieder verlässt, legt er einen Stapel mit Kleidung auf den Stuhl neben der Tür. »Das ist übrigens für nachher.«

Ich seufze. Wie gut er gerade wieder aussah. Und das, obwohl er sicher nicht allzu lange geschlafen hat.

Ich stehe auf und stelle mich vor den Spiegel. Oh Gott! Bei meinem Anblick sind die Worte *wie Kraut und Rüben* noch die Untertreibung des Jahrhunderts!

Ich brauche eine kalte Dusche, und zwar sofort.

Wenig später lasse ich den weichen Wasserstrahl auf mich niederprasseln. Er tut mir gut, erfrischt mich, und als ich fertig bin, inspiziere ich die Kleidung, die Ludwig mir auf den Stuhl gelegt hat.

Ist das sein Ernst? Eine cremefarbene Hose, ein grau-rot karierter Pullover und ein Cape, mit dem ich aussehe wie eine alte englische Landadelige auf Fasanenjagd? Nun, wenn es denn sein muss und der Sache dient …

Fertig angezogen, leicht geschminkt und die Haare in Form gebracht betrete ich kurze Zeit später das Wohnzimmer. Ludwig sitzt am Tisch und trinkt eine Tasse Kaffee. Als er mich entdeckt, verzieht er das Gesicht und hat sichtlich alle Mühe, nicht laut loszulachen.

Ich blicke an mir hinunter. »Jetzt mal ehrlich, Ludwig. Muss das denn wirklich sein?«

»Warum? Sieht doch super aus.« Sein Brustkorb hebt und senkt sich, das Lachen scheint direkt aus seinem Herzen zu kommen.

»Schön, dass du dich amüsierst«, sage ich und rolle gespielt mit den Augen.

»Ich dachte, wir wollen zum Golfen?«, fragt Herr Hilbert verwundert, als Ludwig und ich das Foyer betreten. »Wollten wir da nicht die Damen zu Hause lassen?«

Verlegen blickt Ludwig mich an, und nun verstehe ich auch. Deswegen also die Verkleidung. Golfen ist angesagt, aber anscheinend geht Herr Hilbert von einer reinen Männerrunde aus.

Um Ludwig aus der Bredouille zu helfen, sage ich rasch: »Lasst euch nicht stören, ich habe sowieso noch ein paar Telefonate zu führen. Danach werde ich mich mit einem Buch in die Sonne auf unsere Dachterrasse setzen. Wir treffen uns einfach später wieder.«

Erleichtert drückt Ludwig mir einen Kuss auf den Mund, und ich zucke zusammen. Damit habe ich nicht gerechnet. Unsere Augen treffen sich. Als er sich schließlich räuspernd abwendet, spüre ich noch immer das Kribbeln auf meinen Lippen.

Nachdem die Herren zum Golfplatz aufgebrochen sind, spaziere ich noch ein wenig durchs Hotel, dann verziehe ich mich wieder nach oben in die Suite, entledige mich dieser fürchterlichen Kleidung und genieße die freie Zeit.

Nach ein paar Stunden beschließe ich, nachzusehen, ob sie schon wieder zurück sind. Ich ziehe mir ein lachsfarbenes Satinkleid an und fahre nach unten in die Lobby. Schon von Weitem sehe ich die drei auf der Hotelterrasse unter einem Sonnenschirm sitzen.

»Marina, kommen Sie ruhig«, ruft Herr Hilbert mir entgegen. »Wir sind fertig, es gibt etwas zu feiern. Setzen Sie sich zu uns und nehmen Sie sich ein Glas Champagner.«

Ein Lächeln breitet sich auf Ludwigs Gesicht aus, als ich mich neben ihn setze. Er greift nach meiner Hand, und wieder flattern die Schmetterlinge in meinem Bauch.

»Was feiern wir denn?«, will ich wissen, während Herr Hilbert mir einschenkt.

»Die Zusammenarbeit von Ludwig und unserem Unternehmen, die nun endgültig perfekt ist.« Er reicht mir das Glas. »Auf einen äußerst gelungenen Abschluss.«

Wir heben die Gläser und lassen sie aneinanderklirren. »Das freut mich sehr«, sage ich, nachdem ich den ersten Schluck getrunken habe.

»Ja, uns auch. Denn wir sind uns sicher, dass wir mit Ludwig unsere Ladenkette gut in die Zukunft führen können.«

Habe ich das gerade richtig verstanden? Ludwig soll dabei helfen, ihre Ladenkette in die Zukunft zu führen?

Fragend suche ich seinen Blick, aber er scheint in Gedanken vertieft, woraufhin Herr Hilbert ihm die Antwort abnimmt. »Backwarenindustrie. Unsere Bäckereikette *Backfrisch,* die gerade überall in der Region expandiert, in Verbindung mit Ludwigs maschinellen Leistungen. Die Menschen werden Essen und Genuss auf einer völlig neuen Ebene erfahren. Unsere Zusammenarbeit wird Sie als begeisterte Bäckerin sicher auch freuen, nicht wahr?«

Er scheint dem Ganzen wirklich nur Positives abzugewinnen, doch mir wird übel. Kann das sein? Sind Hilbert und Siebert tatsächlich die Inhaber dieser Billigbackkette, die auf dem besten Wege ist, sich meinen Laden unter den Nagel zu reißen? Und Ludwig arbeitet mit ihnen zusammen? Deswegen also auch vor ein paar Tagen diese Bemerkung, dass das alles wunderbar zusammenpasst.

Eilig nehme ich noch einen Schluck von meinem Champagner. Mein Herz rast. Ich bin enttäuscht und aufgewühlt. Das darf doch alles nicht wahr sein!

»Ja, natürlich. Aber jetzt, ich … Entschuldigen Sie mich bitte, ich …« Hastig erhebe ich mich und laufe die Treppe hinunter, die zum Hotelparkplatz führt.

»Marina, was ist denn los?«, ruft Ludwig mir noch hinterher, aber ich kann jetzt nicht mehr in seiner Nähe sein. Seine Gegenwart tut mir weh. Er hat es die ganze Zeit über gewusst und nichts gesagt.

Ich renne, haste immer weiter. Nur weg von hier.

Und dann passiert es. Es gibt einen Schlag, ich falle, und alles wird dunkel.

Als ich wieder zu mir komme, beugt Ludwig sich über mich und sieht mich besorgt an.

»Elisa«, flüstert er meinen richtigen Namen. »Ist alles in Ordnung? Hast du Schmerzen?«

Mir ist schwindlig, mein Kopf schmerzt ein wenig, aber sonst scheine ich okay zu sein. Was ist nur passiert?

»Es tut mir leid, sie ist mir plötzlich ins Motorrad gelaufen«, höre ich einen Mann mit bayerischem Akzent sagen.

»Sie hätten sie totfahren können!«, faucht Ludwig ihn an.

»Aber es ist doch nichts passiert, alles ist gut.« Meine Stimme ist nur ein Hauch.

»Was war denn auf einmal mit dir los? Und wohin wolltest du überhaupt so schnell?« Ludwig klingt, als würde er sich wirklich Sorgen um mich machen. »Wir lassen am besten einen Arzt rufen«, schlägt er vor. »Meinst du, du kannst nach oben in unsere Suite gehen, wenn ich dir helfe?«

Zusammen mit einem Pagen, der rasch herbeigeeilt kommt, hilft Ludwig mir auf die Beine, und ich stütze mich auf ihm ab.

Oben angekommen, besteht er darauf, dass ich mich ins Bett lege. Kurze Zeit später ist auch schon der Arzt da. Er hört mich ab und misst meinen Blutdruck.

»Es geht mir gut, wirklich«, sage ich, als er auch noch die Reflexe in meinen Beinen testet.

Zögernd wiegt er den Kopf hin und her. »Der Aufprall war aber trotzdem heftig. Immerhin sind Sie auf den Kopf gefallen. Sie sollten heute auf jeden Fall liegen bleiben, ich denke, Sie haben eine leichte Gehirnerschütterung. Ansonsten sind Sie wohl zum Glück mit dem Schrecken davongekommen.«

Mit dem Schrecken. Das kann man wohl so sagen.

Nachdem der Arzt gegangen ist, setzt Ludwig sich zu mir an die Bettkante und funkelt mich an. »Was hast du dir eigentlich dabei gedacht?«

»Was meinst du?«

»Na, einfach blindlings davonzurennen. Nicht nur, dass es vor meinen Geschäftspartnern merkwürdig rüberkommt, sondern auch weil … Verdammt, du hättest tot sein können!«

Ist er jetzt wütend auf mich? Dazu hat er wohl keinen Grund.

»Ach was? Du sorgst dich um mich?« Mein Lachen ist voller Sarkasmus. »Du bist es doch, der mit den Leuten, die meinen Laden an sich reißen wollen, kooperiert. Ich wollte einfach weg. Weg von dir, von euch allen.«

Entgeistert sieht er mich an. »Ich verstehe zwar noch nicht, was du genau meinst. Aber trotzdem kannst du doch nicht einfach vor ein Motorrad rennen.«

»Muss ich dir das wirklich noch erklären? Und außerdem habe ich den Motorradfahrer in der Eile nicht kommen sehen. Auf jeden Fall ist alles andere besser, als länger mit dir zusammen zu sein, mit dir und diesen beiden …«

»Verstehst du denn nicht, was ich sage?«, fährt er mir ins Wort. »Du hättest dabei sterben können!«

»Himmel, Ludwig, jetzt übertreib mal nicht!«

Seine Augen funkeln vor Zorn. Aber ich bin ebenfalls wütend.

»Warum bist du denn so sauer?«, will er jetzt auch noch wissen.

Stellt er sich nur so dumm, oder kapiert er es wirklich nicht?

»Hilbert und Siebert gehört diese Bäckereikette *Backfrisch.* Ich habe dir doch erzählt, dass so eine Billigkette meinen Laden haben will. Dämmert jetzt etwas?«

Er sieht mich nur an und nickt.

»Ist dir eigentlich bewusst, dass dadurch Menschen ihren Job verlieren, ihre Existenz, die sie mit viel Mühe aufgebaut haben? Aber gleichzeitig regst du dich wegen meines Unfalls auf. Tut mir leid, ich verstehe dich nicht.«

»Weil du gerade noch mal davongekommen bist. Wenn du jetzt tot wärst, würde dir dein Geschäft auch nicht weiterhelfen!« Wütend schlägt er mit der flachen Hand auf die Bettdecke.

Ich schüttle den Kopf. »Du kapierst gar nichts, oder? Weißt du, wie sehr ich mit meinen Mitarbeitern schufte, um diese kleine Bäckerei am Laufen zu halten? Und dann kauft eine Kette wie diese einfach den Laden auf – und zack, vorbei ist es mit der Herrlichkeit! Wir können sehen, wo wir bleiben.«

»Ihr werdet eine andere Arbeit finden, ganz bestimmt«, sagt er, während seine Augen auf mir haften. »Wenn ihr wollt, mache ich mich bei Hilbert und Siebert dafür stark, dass sie euch alle einstellen.«

»Das sagst du so einfach. Glaubst du im Ernst, ich würde mithelfen, diese miesen Billigdinger zu produzieren?«

»Bitte, Elisa, jetzt wirst du wirklich langsam lächerlich!«

»Nein, du benimmst dich lächerlich! Ihr nehmt mir eiskalt die Existenzgrundlage, aber gleichzeitig regst du dich auf, weil ich so einem Typen ins Motorrad laufe.«

Sein Gesicht ist plötzlich ganz nah vor meinem. »Ja, das tue ich, verdammt. Weil du keine Ahnung hast, keine verdammte Ahnung!«

»Dann erkläre es mir.«

»Weil ich Angst hatte. Weil ich dachte, dass ...« Er winkt ab. »Lassen wir das. Aber um auf deinen Laden zurückzukommen: Auf jeden Fall gibt der Erfolg Hilbert und Siebert Recht. Für viele Kunden geht Preis vor Qualität. Heute schmeckt doch sowieso alles irgendwie gleich.«

Seine Worte sind wie ein Schlag ins Gesicht. »Das stimmt nicht! Echte Qualität schmeckt man. Und man fühlt sie!«

»Und du glaubst, du kannst aus dem Blickwinkel deiner kleinen Backstube beurteilen, was sich langfristig rentiert und was nicht. Weißt du was?« Er steht auf und will das Zimmer verlassen. Unter dem Türrahmen bleibt er noch einmal stehen. »Ich muss darüber mit dir nicht diskutieren. Und mich rechtfertigen schon gar nicht. Was ich tue, geht dich überhaupt nichts an, Elisa!«

»Du hast ein Herz aus Stein!«, rufe ich ihm hinterher. »Du bist ein Kontrollfreak, planst alles bis ins letzte Detail. Aber das Schicksal anderer lässt dich kalt! Kein Wunder, dass du so alleine bist und dir eine Verlobte kaufen musst!«

Ohne ein weiteres Wort dreht er sich um und schließt die Tür hinter sich.

Den Moment festhalten

»Wie kann man nur so ein herzloser Mensch sein!«, fluche ich, während ich hastig meine Sachen in den Koffer stopfe.

Auch wenn ich mir über die Konsequenzen noch keine Gedanken gemacht habe, will ich jetzt nur noch eines: weg. Weg von diesem herzlosen Eisklotz namens Ludwig, weg aus diesem Hotel, aus seiner Welt, in die ich nicht passe und niemals passen werde.

Es klopft an der Tür, und ich stocke. Nein, ich werde jetzt nicht öffnen.

Aber es klopft noch mal, wieder und wieder.

Schließlich überlege ich es mir doch anders. Ich gehe zur Tür und drücke zaghaft die Klinke hinunter.

Da steht er. Ludwig. Und er sieht irgendwie mitgenommen aus.

Hoffentlich fühlt er sich auch so.

»Ich habe nachgedacht«, sagt er ruhig. »Und etwas arrangiert. Würdest du mit mir mitkommen?«

»Jetzt gleich?«

Er nickt. »Ich bitte dich darum. Es ist mir wichtig.«

Eigentlich habe ich keine Lust, doch dann gebe ich nach. »Also gut, warte einen Moment.«

Ich weiß nicht, was mich erwartet, was ich anziehen soll, also schlüpfe ich rasch in Jeans und ein frisches Shirt und binde mir die Haare zusammen.

Ludwig wirkt nachdenklich, als wir zusammen zum Aufzug gehen und bis ins Untergeschoss fahren. Er führt mich in die Küche, in der nur noch wenige Angestellte herumwerkeln. Die Zeit fürs Abendessen ist ja längst vorbei.

Ungläubig lasse ich den Blick durch den Raum schweifen, über die modernen Geräte und die auf Hochglanz polierten Kochutensilien. Es muss ein Traum sein, hier arbeiten zu können. Dagegen ist meine Backstube zu Hause doch mehr als rückständig.

»Zeig mir den Unterschied!«, fordert Ludwig mich auf.

»Wie meinst du das?«

»Backe für mich und zeige mir, ob es wirklich einen Unterschied gibt. Ich will wissen, was deine Kreationen ausmacht.«

Ich brauche eine Weile, bis ich kapiert habe. Ich soll für ihn backen, weil er die Qualität meiner Produkte testen und sie mit denen von Hilbert und Siebert vergleichen will?

Also gut, was kann ich schon dabei verlieren? Aber was bereite ich zu?

Ich binde mir eine Schürze um und begebe mich in den Vorratsraum, um mich inspirieren zu lassen. Gut, das Übliche ist natürlich da: Eier, Mehl, Milch, Butter, Nüsse. Aber auch etwas ausgefallenere Zutaten wie Marsala, kandierte Veilchen und Holundersekt.

Holundersekt. Das ist es. Ich werde für Ludwig Cupcakes mit einer Mousse aus Holundersekt zubereiten. Und die kandierten Veilchen kann ich sicher auch irgendwie verwenden.

Als ich meine Zutaten beisammen habe und endlich anfange, bin ich schon ein wenig nervös, denn zu allem Übel hat sich Ludwig ganz in meiner Nähe auf einen Stuhl gesetzt und sieht mir aufmerksam zu.

Doch kaum habe ich das erste Ei aufgeschlagen, spüre ich eine tiefe Ruhe in mir, und ich fühle mich, als hätte ich nie etwas anderes gemacht, als unter Ludwigs kritischem Blick Teige anzurühren und Cremes aufzuschlagen.

»Weißt du«, sage ich irgendwann zu ihm, »das, was man in meinem Laden zu kaufen bekommt, ist voller Liebe. Weil es von Menschen gemacht ist. Es sind kleine Wunder, die glücklich machen.«

Er nickt und lächelt mir liebevoll zu.

Als ich fertig bin, ist außer uns beiden niemand mehr in der Küche, und der Duft nach frischem Gebäck, nach Frühling und Sonne macht sich im Raum breit.

Ich setze ein paar Cupcakes auf einen Teller und halte ihn Ludwig unter die Nase. »Die nehmen wir jetzt mit nach oben, dann zeige ich dir was.«

Als wir wieder in unserer Suite angekommen sind, stelle ich den Teller mit den Cupcakes auf den Tisch. Dann nehme ich Ludwigs Hand und führe ihn zur Couch.

»Was hast du jetzt vor?«

»Das wirst du gleich sehen. Machst du bitte kurz die Augen zu?«

Er lächelt. »Ich soll die Augen zumachen?«

»Ja, bitte vertrau mir einfach. Du wirst gleich merken, warum.«

Er schließt sie tatsächlich, und während ich seine dichten Wimpern betrachte, löse ich mit dem Löffel ein Stück Cupcake herunter.

»Und jetzt den Mund aufmachen«, flüstere ich.

Sanft schiebe ich ihm den Löffel samt Füllung zwischen die Lippen und sehe gespannt zu, wie er zu kauen anfängt.

Erst sagt er gar nichts. Sein Kiefer bewegt sich sanft, er scheint das, was er im Mund hat, hin und her zu bewegen. Noch immer hat er die Augen geschlossen.

Es kommt mir wie eine Ewigkeit vor, bis endlich ein leichtes Seufzen über seine Lippen dringt. »Wow.«

Erleichtert atme ich auf. »Da ist viel Liebe drin, das ist der Unterschied. Schmeckst du ihn?«

Er öffnet die Augen und sieht mich an.

»Weißt du, meine Oma hat immer gesagt, wenn man in ein Törtchen beißt, die Augen dabei schließt und sich etwas wünscht, geschehen Wunder, so unwahrscheinlich sie auch sind.«

»Wunder? So unwahrscheinlich sie auch sind? Daran kann ich nicht glauben.« Er schüttelt den Kopf.

»Was, wenn du es einfach mal probierst?«

»Ich weiß auch nicht. Das soll wirklich funktionieren?«

Ich versinke beinahe in seinen grauen Augen. Wie er aussieht, so anders, so gelöst, mit diesen verstrubbelten Haaren.

»Meine Oma glaubte fest daran. Also trau dich, du hast nichts zu verlieren.«

»Na schön, aber das tue ich nur, weil uns niemand sieht. Und weil ich irgendwo tief in mir drin doch auch auf ein Wunder hoffe.« Den letzten Satz spricht er nur noch ganz leise aus. Ein Lächeln breitet sich auf seinem Gesicht aus, und sofort schlägt mein Herz wieder heftiger in meiner Brust.

Ich halte ihm mit dem Löffel ein weiteres Stück Cupcake entgegen. Abermals schließt er die Augen, doch kurz bevor er den Löffel in den Mund nimmt, hält er inne und reißt die Augen auf. »Du veralberst mich auch nicht und klatschst mir das Törtchen gleich ins Gesicht?«

Gespielt entrüstet schüttle ich den Kopf. »Für wie gemein hältst du mich denn?«

»Also gut, auch wenn es albern ist, aber was soll's. Wenn du meinst, dass es hilft …« Erneut schließt er die Augen und wartet, bis ich ihm den Löffel in den Mund schiebe.

Doch auf einmal kann ich nicht anders und klatsche ihm den Inhalt des Löffels mit voller Wucht auf die Lippen. Als ich ihn so dasitzen sehe, mit völlig verschmiertem Mund und weit aufgerissenen Augen, kann ich nicht aufhören zu lachen.

»Ich hätte es wissen müssen«, sagt er, während er sich mit der Serviette den Mund abwischt.

»Tut mir leid. Aber Strafe muss sein.« Noch immer lachend wische ich ihm mit dem Finger einen übrig gebliebenen Krümel von der Lippe. »Immerhin hilfst du kräftig mit, meinen Laden zu vernichten.«

»Okay, ich habe das verdient«, sagt er und sieht mich ernst an. »Aber weißt du was? Danke, dass du dich nicht scheust, mir zu sagen, was du wirklich denkst.«

Ich kann meinen Blick kaum mehr von ihm abwenden.

»Soll ich dir was sagen, Elisa? Ich weiß nicht, was das ist und was du mit mir machst, aber du treibst mich in den Wahnsinn. Du bist so perfekt unperfekt.«

Ich ziehe eine Augenbraue nach oben. »Perfekt unperfekt? Ist das jetzt wieder so ein Kompliment à la Ludwig?«

Er lächelt. »Irgendwie schon. Denn eigentlich ist es mir sonst egal, wenn jemand mich oder meine Geschäfte kritisiert. Aber dir gegenüber habe ich schon ein schlechtes Gewissen. Und ich habe mir unfassbare Sorgen um dich gemacht, als du fast überfahren wurdest. Du rufst diese Gefühle in mir hervor, deswegen habe ich auch so aufgebracht reagiert.« Er schluckt. »Plötzlich sind da Gefühle in mir, die ich so nicht kenne. Weil ich dich irgendwie vom ersten Moment an anziehend fand und vollkommen wehrlos dagegen war. Als hättest du mich in dem Moment verzaubert, als du mir auf der Party diese Cupcakes auf den Anzug geschmiert hast.«

Hitze tritt auf meine Wangen. Bestimmt bin ich jetzt knallrot im Gesicht.

»Um deine Frage von vorhin zu beantworten: Ja, ich kann es schmecken, Elisa! Deine Cupcakes schmecken unglaublich. Und dabei war ich noch nie so zerrissen. Weil ich weiß, was du von mir erwartest, und weil ich aber auch weiß, wer ich bin.«

»Ein Mann, der Frauenherzen bricht«, flüstere ich.

»Ja, doch seit du buchstäblich in mein Leben gestürzt bist … Ich wollte noch nie so sehr eine Frau küssen wie dich. Selbst vorhin, während du mir diese Standpauke gehalten hast, hatte ich nichts anderes im Sinn.« Er streicht mit den Fingerspitzen über meine Lippen. Sofort stehe ich in Flammen, zerschmelze beinahe unter seiner Berührung. »Und ich möchte dich bei mir haben – auch wenn du das nicht glaubst.«

»Du sagtest vorhin, du hoffst auch auf ein Wunder. Auf was für eines denn?«, frage ich vorsichtig.

»Na ja, wenn ich das sage, hältst du mich wieder für ziemlich selbstsüchtig …« Er nimmt mir den Löffel aus der Hand und sticht ein Stück Cupcake ab. »Ich würde lieber wissen, was du dir wünschst. Jetzt bist du dran: Auf welches Wunder hoffst du?« Seine grauen Augen nehmen mich sofort wieder gefangen, als er mir den Löffel zwischen die Lippen schieben will.

»Kannst du dir das nicht denken?«, frage ich, bevor ich die Augen schließe, einen Bissen nehme und mich völlig in dem Genuss der cremigen Süße verliere.

Als ich die Augen wieder öffne, ist er mir so nah, dass ich seine Wärme deutlich spüre. Er zieht mich eng an sich. »Noch nie ist mir eine Frau so unter die Haut gegangen wie du, Elisa. Küss mich, bitte küss mich. Schenk mir diesen Kuss, und wenn es auch nur ein einziger ist«, raunt er mir zu.

Er streichelt mir zärtlich über die Wange, und bevor ich noch einen einzigen Atemzug machen kann, spüre ich bereits seine Lippen, die sich voller Verlangen auf meine pressen. Vor Aufregung droht mein Herz zu zerspringen.

Seine Lippen sind unfassbar weich und entfachen in mir wieder so viele Gefühle, dass ich mich frage, wie ich mich so lange dagegen wehren konnte. Und ich will mich auch gar nicht mehr wehren, zumindest nicht in diesem Moment.

Unser Kuss vertieft sich, während ich mit meiner Hand seine Brust berühre. Sie ist warm, und mit jedem Atemzug spüre ich seinen Herzschlag und die Hitze, die zwischen uns brodelt. Ich schmecke ihn, schmecke den Holunder, den Zucker, die Vanille und so viel mehr. Und ich will nichts mehr als seine Hände auf meiner Haut.

Als unsere Küsse dringlicher, leidenschaftlicher werden, schiebt Ludwig mich sanft nach hinten. Schon spüre ich seinen Körper auf mir. Sein Blick geht mir unter die Haut, und er küsst mich so voller Sehnsucht, dass mir schwindelig wird. Die

Spitze seiner Zunge gleitet über meinen Mund, und als sich unsere Zungen berühren, seufze ich auf.

Er küsst mich weiter, meinen Hals entlang, bis zu meinen Schultern. Irgendwann landen seine Hände unter meinem Shirt, und ich vergrabe meine Hände in seinen Haaren.

Meine Gefühle für ihn sind zu stark, und ich vergesse alles um mich herum. Ich will loslassen, nur noch ihn fühlen und in den Berührungen, die er über meine Haut schickt, versinken.

Es ist einfach unglaublich. Er scheint ganz genau zu wissen, wo er mich berühren und wie er mich küssen muss. Jeder Millimeter meiner Haut ist nur noch dazu da, um zu fühlen. Die Sehnsucht in mir wird fast unerträglich. Meine Hände machen sich selbstständig, wollen alles an ihm ertasten, erkunden und fühlen.

Und doch sind da plötzlich Zweifel. Weil ich jetzt schon weiß, dass ich mich verbrenne, wenn ich zu weit gehe. Weil ich weiß, dass mir Sex mit ihm nicht genügen wird, weil ich ihn mag, wirklich mag. Aber was, wenn Sex das Einzige ist, das er von mir will?

Als seine Hände immer tiefer gleiten, schiebe ich ihn sanft weg. »Warte«, seufze ich gegen seinen Mund und versuche, die Kontrolle wiederzuerlangen.

»Was ist?«, raunt er.

»Ich will dich so sehr, aber ich …«

Er lächelt und senkt ohne Worte seine Lippen erneut auf meine. Oh Gott, wie sie sich anfühlen.

»Ich sollte das jetzt nicht sagen, aber ich mag dich und … und ich will dich nicht nur für eine Nacht, Ludwig.«

Ich weiß, meine Worte sind für ihn wie eine kalte Dusche. Doch das, was er gerne möchte, kann ich nicht tun – und wenn ich es noch so sehr auch selbst will. Am Ende wäre ich doch eine von vielen, die er danach wieder verlässt.

Er atmet schwer und sieht mich wortlos an.

»Deswegen kann ich nicht mir dir schlafen, verstehst du das?«

Es dauert eine gefühlte Ewigkeit, bis er endlich nickt. »Ich … ich wünschte, ich könnte dir etwas anderes sagen, aber … aber das kann ich nicht. Ich kann dir nicht geben, was du willst, denn dazu bin ich nicht bereit.« Ich merke, dass ihm die Worte unendlich schwer über die Lippen kommen.

Ich schlucke. »Ich weiß.«

»Kann ich … kann ich heute trotzdem hier neben dir schlafen? Heute, in unserer letzten Nacht?«, flüstert er.

Verwundert sehe ich ihn an. »Wenn du das willst?«

»Das will ich.«

Ich schmiege mich an ihn, und auch wenn es mir schwerfällt, weiß ich, dass es richtig ist – selbst wenn ich es morgen schon bereuen werde.

Irgendwann in der Nacht wache ich auf. Ludwig hat seine Arme um mich geschlungen und drückt sich an mich. Ich kann gar nicht glauben, dass unsere Reise morgen schon zu Ende ist. Dabei könnte sie doch nun erst richtig anfangen – jetzt, wo ich merke, wie er sich mir mehr und mehr öffnet.

»Bist du wach?«, höre ich ihn flüstern und spüre seinen Atem an meinem Ohr.

»Ja.«

»Danke, dass du ehrlich zu mir warst.«

Ich nicke. Dann küsst er mein Haar, und wir liegen weiter eng umschlungen da.

»Ist dir klar, dass das hier die Löffelchenstellung ist? Ich dachte, so etwas machst du nicht?«, frage ich ihn irgendwann.

Zärtlich beißt er mir ins Ohrläppchen. »Willst du mich ärgern?«

Ich drehe mich in seinen Armen herum und berühre sanft seine Nase mit meiner. »Ein bisschen.«

»Was wirst du tun mit dem Geld?«

Warum will er das ausgerechnet jetzt wissen?

Ich atme tief durch. »Versuchen, meinen Traum zu retten und irgendwie den Laden doch noch kaufen zu können.«

Seine Augen liegen auf mir, ich kann es selbst im Mondlicht, das durch die Fenster fällt, erkennen. »Ich wette, du kannst alles schaffen, wenn du dir etwas in den Kopf gesetzt hast. Ich habe Vertrauen in dich.«

Ich schüttle den Kopf. »Das sagt ausgerechnet der Feind in meinem Bett.«

»Ja, weil du dem Feind gezeigt hast, wie stark dein Wille ist.«

Ich schließe die Augen und atme seinen Duft ein, will in seinen Armen liegen und in dem Moment mit ihm verharren.

Irgendwann bin ich wieder kurz vor dem Einschlafen, als seine Stimme noch einmal an mein Ohr dringt. »Du bist eine tolle Frau, Elisa. Auch ohne Kreuzworträtsel, Reiten und Lachspasta bist du perfekt.«

»Und du bist ein toller Mann, Ludwig. In dir steckt viel mehr, als du glaubst«, flüstere ich.

Danach halten wir uns einfach nur fest. Ich weiß nicht, was das zwischen uns ist, warum er heute Nacht bei mir bleibt. Aber ich weiß, dass ich diesen Augenblick für immer in meinem Herzen bewahren will.

Abschied

Als ich am Morgen aufwache, streicht ein Finger über meinen Nacken. Ein Sonnenstrahl kitzelt meine Haut, und als ich die Augen öffne, zaubert Ludwigs verschlafener Blick mir ein Lächeln ins Gesicht.

»Guten Morgen«, flüstert er.

»Guten Morgen.«

Eine Weile liegen wir noch da und halten uns einfach nur fest, bis Ludwig sich aus meiner Umarmung löst und sich aufrichtet. Er stützt sich auf die Ellbogen und mustert mich, dann beugt er sich zu mir, und ich spüre seinen warmen Kuss auf meinen Lippen.

»Ich musste das jetzt tun«, sagt er. »Wenn schon mal eine Frau neben mir aufwacht …«

Ich grinse. »Verstehe, eine Premiere. Und, war es so schlimm?«

Er sagt nichts, sondern atmet tief durch. Dann legt er sich wieder zu mir und sucht erneut meine Lippen. »Nein, schlimm nicht, nur ungewohnt.«

Mit einem Ruck zieht er mich auf sich, und ich schnappe nach Luft. Ohne mich loszulassen, küsst er mich weiter.

»Was ist das mit uns?«, frage ich, als wir kurz innehalten.

Er sieht mir tief in die Augen. »Das weiß ich nicht. Ich weiß nur, dass ich traurig sein werde, dich nicht mehr zu sehen, und dass ich sicher an dich denken werde. Das ist für mich wirklich sehr ungewöhnlich.«

Ich atme tief ein und aus.

»Elisa, ich habe heute Nacht nachgedacht. Was, wenn wir uns wiedersehen, ab und zu, wenn ich in der Stadt bin. Wir könnten essen gehen und uns küssen und ...«

»Und?«

Er zuckt mit den Schultern. »Na ja ...«

»Ludwig, ich mag dich, aber ich will dich ganz oder gar nicht. Ich weiß, dass du das nicht kannst, und ich akzeptiere das auch. Sind wir mal ehrlich, vielleicht willst du mich nur, weil du mich nicht haben kannst. Und es war ein Geschäft. Du hast mich bezahlt, dass ich mit dir hierhergekommen bin ...«

»Ja, aber nicht für das hier.« Er presst seinen Kiefer zusammen. »Das weißt du.«

Ich schlucke. »Nein, nicht dafür.«

Eine Weile sehen wir uns schweigend an.

»Du siehst übrigens wunderschön aus heute Morgen«, sagt er schließlich.

Am liebsten würde ich ihm jetzt antworten, dass er das jeden Morgen haben kann. Aber dann schlucke ich die Worte hinunter. Das hier mit uns ist schon unwahrscheinlich genug. Wir sind zwei Menschen, die sich mögen, aber ab heute wieder getrennte Wege gehen, weil sie in unterschiedlichen Welten leben. Je schneller ich das akzeptiere, umso besser.

Als wir zum Frühstück gehen und zusammen mit den Herren Hilbert und Siebert die letzten Stunden verbringen, lächle ich, auch wenn mir innerlich ganz und gar nicht zum Lachen zumute ist. Am Ende verabschieden wir uns voneinander, und Ludwig verspricht den beiden, sich in den nächsten Tagen zu den Vertragsabwicklungen mit ihnen zu treffen.

Zurück in unserer Suite packe ich meine restlichen Sachen zusammen. Die Stimmung ist deutlich angespannt. Derselbe Page, der uns auch schon bei der Anreise begrüßt hat, bringt das Gepäck zum Wagen, der, wie er uns mitteilt, bereits vorgefahren wurde.

Schließlich stehen wir einander gegenüber und sehen uns an.

»Bist du so weit?«, fragt Ludwig.

»Ja, wir können gehen.« Ich sehe mich noch ein letztes Mal in der Suite um, wo ich die letzten Tage verbracht habe.

Er räuspert sich und reicht mir einen Briefumschlag. »Hier, für dich, deine Bezahlung.«

»Danke.« Ich atme tief durch. Das alles ist so merkwürdig.

»Gern geschehen. Ich hoffe, du schaffst es damit, deinen Traum zu erfüllen und die Bäckerei zu halten.«

»Das hoffe ich auch.« Ich lächle, dann stecke ich das Geld ein. »Also dann ...«

»Also dann.« Er blickt mir tief in die Augen. »Elisa, heute Nacht, das mit uns ...«

Ich lege meinen Zeigefinger auf seine Lippen. »Du musst nichts sagen, ich werde niemandem verraten, dass du bei einer Frau geschlafen hast. Dein Geheimnis ist bei mir für immer und ewig sicher.«

Die ganze Fahrt über tue ich so, als würde ich schlafen. Aber es gelingt mir nicht so recht, und ich schaue immer wieder zu Ludwig. Hin und wieder treffen sich unsere Blicke.

Irgendwann bringt er schließlich den Wagen vor dem Haus, in dem ich wohne, zum Stehen. Ich kann es noch gar nicht begreifen, dass die Zeit mit Ludwig nun zu Ende ist.

»So, da sind wir«, sagt er, und ich höre deutlich eine Spur von Traurigkeit in seiner Stimme.

»Danke für alles«, flüstere ich.

Er sieht mir fest in die Augen. »*Ich* muss *dir* danken, Elisa.«

Ich drücke die Tür auf, doch bevor ich aussteige, halte ich noch einmal kurz inne. »Ludwig?«

»Ja?«

»Du bist ein toller Mann, und ich wünsche dir, dass du alles schaffst, was du dir erträumst, dass du das findest, was dich ausfüllt.«

Dann steige ich endgültig aus.

Zeit, um loszulassen

In meiner Wohnung angekommen, ziehe ich Ludwigs Umschlag aus meiner Handtasche und lege ihn erst mal weg. Stattdessen beschließe ich, zu duschen und dann die Mädels anzurufen, um ihnen Bescheid zu geben, dass ich wieder daheim bin.

Während ich unter der Dusche stehe, denke ich nach, über die letzten Tage, über den Laden und vor allem über Ludwig. Wie schön es mit ihm zusammen war. Und wie sehr ich jetzt schon seine Nähe vermisse.

Ich trete gerade aus der Dusche, da klingelt das Telefon. Als ich rangehe, höre ich Sams fröhliche Stimme. »Ah, du bist wieder da!«, ruft sie, und ich muss lächeln.

»Ja, ich bin wieder da.«

»Perfekt, wir haben Gebäck und Kaffee hergerichtet. Also sieh zu, dass du so schnell wie möglich in den Laden kommst. Wir warten schon und wollen alles wissen.«

Kurz bin ich überfordert, denn am liebsten würde ich mich jetzt einfach nur auf die Couch legen. Doch die beiden würden sowieso keine Ruhe geben. »Also schön, ihr Nervensägen. Bis gleich«, sage ich und lege auf.

Mein Blick schweift noch einmal zu Ludwigs Umschlag, aber irgendwie bringe ich es nicht übers Herz, ihn zu öffnen.

»Später«, flüstere ich mir selbst zu, dann ziehe ich mich an und mache mich auf den Weg in die Bäckerei.

»Hey«, rufe ich, als ich die Ladentür aufdrücke.

Sofort fallen Sam und Tante Helene mir um den Hals. Es duftet so vertraut nach Vanille, Kaffee und Lavendel, und der Duft umhüllt mein Herz wie eine warme Decke.

»Da bist du also wieder«, sagt Tante Helene. »Los, setz dich hin, der Kaffee ist fertig. Gebäck habe ich auch schon bereitgestellt. Du musst dich um nichts mehr kümmern.«

»Außer darum, uns alles haargenau zu erzählen«, ergänzt Sam.

Ich seufze. »Na schön. Anders werde ich euch ja sowieso nicht mehr los, oder?«

Als ich ihnen wenig später alles ganz ausführlich erzählt habe, wandert Sams Blick erst zu Tante

Helene und dann wieder zurück zu mir. Beide nicken gleichzeitig, als wären sie sich über irgendetwas einig, das sie gerade in ihrem Kopf miteinander vereinbart haben.

»Du hast dich in ihn verliebt, hab ich recht?«, fragt Sam schließlich.

Heftig schüttle ich den Kopf. »Was? Nein, ich …« Doch dann stocke ich und merke, dass das gar nicht so abwegig ist. Natürlich nicht, ich weiß ja, was ich fühle, und vor allem weiß ich, was ich empfunden habe, als wir uns geküsst und die Nacht miteinander verbracht haben. Nur damit beschäftigt, uns zu küssen und zu berühren.

»Und er ist wirklich bei dir liegen geblieben? Obwohl er gesagt hat, dass Frauen normalerweise nicht bei ihm schlafen?«, will Tante Helene wissen.

Ich nicke.

»Aber das ist doch … das bedeutet doch, dass er dich mag.«

Ihre Wangen werden rot, und ich denke wieder daran, wie es war. Wie seine Lippen sich auf meinen angefühlt haben. Wie wir zusammen unten in der Hotelküche waren. Wie wir geredet haben, über so vieles. Doch ich erinnere mich auch an den Satz, den er mir gesagt hat: *Ich kann dir nicht geben, was du willst, denn dazu bin ich nicht bereit.*

»Ja, vielleicht ist das so«, sage ich. »Aber es ändert überhaupt nichts an der Situation. Er ist weg, ich bin hier. Und alles, was jetzt zählt, ist, den Laden zu retten.«

Nun sehen die beiden sich wieder an, sodass ich ein ungutes Gefühl im Bauch bekomme.

»Was ist? Warum schaut ihr denn so?«

»Liebes«, beginnt Tante Helene zögernd, und ich weiß sofort, dass das nichts Gutes zu bedeuten hat.

Seufzend steht sie auf, geht an die Theke und zieht etwas aus einer der Schubladen. Als sie wieder zurück an den Tisch kommt, reicht sie mir einen Brief. Ihr Blick ist ganz fest auf mich gerichtet, und ich spüre Gänsehaut.

»Das Haus wird jetzt wohl verkauft, Elisa. Wir wollten es dir gestern schon sagen, als dieser Brief kam – du hattest ja gemeint, wir sollen die Post öffnen. Aber dann dachten wir, dass es besser ist, wenn wir es dir in Ruhe und von Angesicht zu Angesicht erzählen.«

Mit zitternden Fingern greife ich nach dem Umschlag und ziehe den Brief daraus hervor. Meine Augen wandern über die Worte, die ich erst einmal verdauen muss.

Denn da steht es schwarz auf weiß, dass es aus ist mit dem Traum von meinem Laden. Das Haus wird verkauft, der neue Besitzer hat Eigenbedarf angekündigt, weil er sein eigenes Geschäft darin unterbringen will.

»Ich habe keine Chance mehr. Das mit unserem Laden ist vorbei«, flüstere ich, lasse den Brief sinken, und eine Welle der Traurigkeit greift nach mir, gefolgt von unglaublicher Wut.

»Es tut mir so leid«, sagt Tante Helene. »Zudem hat sich der neue Besitzer für die nächsten Tage angekündigt. Er will vorbeikommen.«

»Verdammt!« Ich werfe den Brief auf den Tisch. »Das lasse ich nicht auf mir sitzen, ich werde ihm die Meinung sagen und … und …« Ich stütze meinen Kopf auf den Händen ab, fahre mir durch die Haare. »Es muss doch eine Möglichkeit geben, das aufzuhalten.«

Doch Tante Helene schüttelt den Kopf. »Ich habe bereits einen Anwalt gefragt, der neue Besitzer hat das Recht dazu.«

»Das ist doch so was von unfair, ich meine …« Meine Stimme wird ganz heiser. »Ich meine, kurz hatte ich wirklich geglaubt, dass es ein Wunder geben kann, dass es Schicksal war, als ich auf Ludwig getroffen bin, weil wir mit dem Honorar den Laden retten könnten. Und jetzt? Jetzt ist alles vorbei!«

Sam sieht mir fest in die Augen. »Ich weiß zwar noch nicht, wofür, aber ich glaube noch immer fest daran, dass es für irgendetwas gut war. Und egal was es ist, wir finden es heraus.«

Als ich zu Hause meine Wohnungstür aufschließe, fühle ich mich unheimlich traurig und erschöpft. Ich kann einfach nicht verstehen, dass alles umsonst gewesen sein soll, dass ich den Laden nicht halten kann.

»Und was, wenn du irgendwo an einem anderen Standort neu startest? Mit dem Geld von Ludwig hast du doch eine kleine Finanzspritze«, hat Tante Helene am Ende noch vorgeschlagen, und als mir Ludwigs Umschlag ins Auge fällt, der noch immer auf dem Tisch liegt, geistern ihre Worte wieder durch meinen Kopf.

Zögernd gehe ich auf den Tisch zu, starre kurz den Umschlag an, bevor ich danach greife und ihn öffne. Seufzend lasse ich die vielen Scheine durch meine Finger gleiten.

Ja, vielleicht muss ich es wirklich als eine Art Neuanfang betrachten. Man sagt ja immer, man muss das, was man liebt, loslassen, und wenn es zu einem zurückkehrt, dann liebt es einen wirklich.

Plötzlich muss ich an Ludwig denken und daran, wie sehr er mir fehlt – schon nach diesen wenigen Stunden.

Aber vielleicht ist wirklich die Zeit gekommen, loszulassen. Alles. Den Laden, Ludwig und die Suche nach den Wundern, die so was von unwahrscheinlich sind und einfach nicht geschehen wollen.

Wunder. Da fällt mir der Cupcake wieder ein, den ich mir aus dem Laden mitgenommen habe. Ich packe ihn aus und beiße seufzend hinein.

Ich wünsche mir so sehr, dass Omas Worte wahr werden und doch noch ein – wenn auch unwahrscheinliches – Wunder geschieht. Wann, wenn nicht jetzt?

Und es geschehen doch Wunder

»Für heute hat sich dieser neue Besitzer angekündigt«, sagt Tante Helene, während ich hinter der Theke stehe und frische Cupcakes einräume.

Ich muss zugeben, ich habe absolut keine Lust auf den Typen. Die letzten Tage waren mehr als nervenaufreibend für mich. Aber ich habe mich mit unserem Schicksal abgefunden.

»Ich glaube, er kommt schon.« Sam deutet auf einen schwarzen Mercedes, der gerade vor dem Laden parkt – natürlich in zweiter Reihe. Was sonst.

»Echt unglaublich! Diese reichen Schnösel denken doch immer, dass sie sich mit ihrem vielen Geld alles erlauben können«, fluche ich noch. Doch schon im nächsten Moment rutscht mein Herz in den Magen, und ich werde gefühlt so blass wie das Topping der Zitronencupcakes, die ich gerade einsortieren wollte.

Tante Helene tritt zu mir und fasst mich besorgt am Arm. »Was ist los? Geht es dir nicht gut?«

Ich kneife die Augen zusammen, um sicherzugehen, dass ich mich nicht irre. Aber ich irre mich nicht. Das da draußen sind eindeutig die Herren Hilbert und Siebert.

Tante Helene schüttelt mich sanft. »Elisa, sag schon, was ist los?«

»Das darf nicht wahr sein! Das sind diese Geschäftsleute, mit denen Ludwig sich in diesem Hotel getroffen hat«, stürzt es aus mir heraus. »Ich hätte nicht gedacht, dass sie auch noch persönlich hier auftauchen. Macht ihr das mit den beiden, ja? Ich muss weg.«

Doch dann geht schon die Tür auf, und die beiden Herren betreten den Laden.

Verdammt, verdammt, verdammt!

Wie erstarrt stehe ich da. Plötzlich sind da keinerlei Geräusche mehr um uns herum, nur noch eine alles verschlingende Stille.

Ich muss mich erklären, mir etwas einfallen lassen. Nicht dass ich auch noch Ludwig das Geschäft mit ihnen vermassle.

Rasch gehe ich um die Theke herum. »Was für ein schöner Zufall«, sage ich und reiche mit einem aufgesetzten Lächeln erst Hilbert, dann Siebert die Hand. »Kaufen Sie hier etwa auch ein? Sie müssen wissen, das ist meine Lieblingsbäckerei.«

Sam zieht eine Augenbraue nach oben, doch ich versetze ihr einen unauffälligen Schubs.

Endlich begreift sie. »Ich bin gleich für Sie beide da. Aber darf ich erst noch die Dame bedienen? Ich glaube, sie ist in Eile.«

Noch immer lächelnd sage ich zu den beiden Herren: »Ich muss gleich zum Dienst, eine komplizierte OP, deswegen …«

Ich sehe an mir hinunter. Mist, ich trage ja diese Schürze!

»Ach, ich habe mir diese Schürze nur von der netten Verkäuferin ausgeliehen, weil … weil ich meinen Cupcake gleich hier essen möchte, das geht schneller. Und … und ich will nicht verschmutzt zum Dienst erscheinen, also …«

Die beiden mustern mich.

»Wissen Sie, es freut mich zu sehen, dass Sie wirklich bis über beide Ohren in Ludwig verliebt sind. So sehr, dass Sie ihn sogar jetzt noch retten wollen«, stellt Herr Hilbert mit einem Schmunzeln fest.

»Ja natürlich, er ist ja auch mein Verlobter und …«

Zu meiner Verwirrung schüttelt er den Kopf. »Ich weiß sehr wohl, dass er nicht Ihr Verlobter ist, Elisa.«

Elisa? Hat er gerade meinen richtigen Namen genannt?

»Wissen Sie, Ludwig hat uns alles gebeichtet«, erzählt er weiter, und ich verstehe nur Bahnhof.

»Ich habe diesen Mann noch nie so erlebt. Er meinte, dass Sie ihm die Augen geöffnet hätten. Und er hat uns die Wahrheit über Ihr Arrangement gestanden. Dass Sie nicht seine Verlobte sind und dass es eigentlich ein merkwürdiger, ganz und gar unwahrscheinlicher Zufall war, als wir Sie auf dieser Party beim Küssen erwischt haben. Dass er glaubte, dass er sich nie verlieben kann, aber an Sie sein Herz verloren hat.«

Ich kann es kaum fassen. Die beiden wissen Bescheid? Über alles?

Und sie haben wirklich gesagt, dass Ludwig sich in mich verliebt hat?

Meine Knie werden weich, und Herrn Hilberts Worte dringen auf einmal wie durch Nebel zu mir. »Übrigens hat Ludwig mir von einer Geschäftsidee berichtet. Traditionelle Backwaren, mit Liebe von Ihnen hergestellt. Klasse statt Masse also. Er hat dafür auch schon ganz tolle Ideen entwickelt. Daher möchten wir Ihnen gerne diesen Vorschlag hier unterbreiten.«

Mein Herz beginnt zu rasen, während er mir einen Umschlag reicht und ich ein Blatt Papier daraus hervorziehe. Meine Augen fliegen darüber, und als ich fertig bin, gerate ich ins Taumeln. Beinahe wäre ich rückwärts gestolpert, doch zum Glück steht Sam noch immer neben mir und fängt mich auf.

»Aber das …«

Sam greift nach dem Papier in meiner Hand und beginnt zu lesen, dann reicht sie es an Tante Helene weiter.

Als diese fertig gelesen hat, seufzt sie. »Ach du meine Güte, ist das Ihr Ernst?«

Herr Hilbert lacht. »Ja, absolut. Tradition ist genau das, wofür unser Unternehmen steht. Es ist, als hätte uns das Schicksal zusammengeführt. Und deswegen möchten wir Sie unterstützen und gemeinsam mit Ihnen etwas Großes auf die Beine stellen. Der Laden gehört Ihnen.«

Während ich noch versuche, meine Gedanken zu ordnen und die Zusammenhänge zu begreifen, geht die Tür auf, und Ludwig steht vor mir. Mein Herz klopft nun noch ein wenig schneller, sofern das überhaupt möglich ist.

Herr Hilbert lächelt. »Nun, ich denke, Sie beide haben jetzt noch einiges zu besprechen.« Er streckt mir seine Hand entgegen. »Ich freue mich sehr auf unsere Zusammenarbeit, Elisa.«

Erst nicke ich nur, doch dann schaffe ich es endlich, ein paar Worte über die Lippen zu bringen. »Ich danke Ihnen, wirklich.«

»Danken Sie nicht mir, danken Sie Ihrem *Verlobten.*«

Schließlich verlassen die beiden Herren den Laden, und ich stehe da und starre Ludwig an.

»Weißt du noch, was du zu mir gesagt hast, als wir über die Liebe gesprochen haben?«, fragt er. Doch ehe ich antworten kann, kommt er mir schon zuvor: »Du hast gesagt, dass es mich irgendwann treffen wird, und dann werde ich das Gefühl haben, dass alles andere unwichtig ist, dass ich ohne diesen anderen Menschen nicht mehr leben kann, nicht mehr vollständig bin. Kannst du dich daran erinnern?«

Und wie ich mich daran erinnern kann. »Ja, und du hast geantwortet, dass es sehr unwahrscheinlich sei, dass dir so was passiert.«

Er tritt ein paar Schritte auf mich zu und bleibt ganz dicht vor mir stehen. »Ich weiß. Aber soll ich dir was sagen? Es hat mich erwischt. Ich habe so sehr versucht, nicht an dich zu denken, doch ich habe es einfach nicht geschafft. Denn du weckst in mir diesen Wunsch, ein anderer zu werden. Plötzlich ist mir alles gar nicht mehr so wichtig, wenn ich nicht dir davon erzählen kann. Ich weiß, ich habe gesagt, dass ich dazu nicht bereit bin, aber Tatsache ist, ich will dich für viel mehr als nur für eine Nacht.« Sein Blick haftet zärtlich auf mir. »Du hast die Liebe in mein Leben gebracht, obwohl ich niemals danach gesucht habe. Du bist mir in die Arme gefallen mit deinen Cupcakes, deinen Wundern und deinen Träumen. Ohne dich fühle ich mich leer, es ist, als würde ein Teil von mir fehlen. Ich vermisse dich, Elisa. Und ich will bei dir sein, mit dir zusammen sein. Zum ersten Mal in meinem Leben will ich es wirklich mit einem Menschen versuchen. Und das, obwohl er ganz und gar nicht perfekt ist.« Er lächelt. »Und ich will nichts mehr, als dass du glücklich bist und deinen Traum weiterleben kannst, damit du mit deinen Törtchen noch viele Wunder vollbringen kannst.«

Jetzt muss ich lachen. Schließlich atme ich tief durch und sehe ihn an. »Dann willst du also mit mir zusammen sein? Mit allem Drum und Dran?«

Er streicht mir eine Haarsträhne aus dem Gesicht. »Ja, das will ich. Was sagst du? Gibst du mir eine Chance?«

Ich trete einen Schritt zurück und tue so, als müsste ich überlegen. »Hm, sagst du das jetzt nur, damit du mit mir schlafen kannst?«

Er wirkt verlegen. »Unsinn! Nein, ich … Elisa …«

Ich lache, dann nicke ich. »Also schön, aber nur, wenn wir niemals zusammen Kreuzworträtsel lösen werden.«

Er scheint tatsächlich aufzuatmen.

Dann fallen wir uns endlich um den Hals.

»Ich verspreche es«, flüstert er, bevor sich seine Lippen auf meine senken.

Nichts ist unwahrscheinlich, schon gar nicht die Liebe

Ein Jahr später

Voller Stolz stehe ich vor meiner Bäckerei und blicke zu dem neuen Ladenschild empor, das in fröhlichen Farben über der Tür erstrahlt. Es ist noch hübscher geworden, als ich es mir erträumt hatte.

Kaum zu glauben, dass seit dem Tag, als Ludwig in meinem Laden erschienen ist und mir seine Liebe gestanden hat, schon ein ganzes Jahr vergangen ist. Dass wir uns begegnet sind, haben wir mehr oder weniger Tina zu verdanken, die mich damals wohl hauptsächlich nur deswegen engagiert hat, um mich zu ärgern, und damit unfreiwillig diese Kettenreaktion von Unwahrscheinlichkeiten in Gang gesetzt hat. Der Kuss auf der Party, Ludwigs Geschäft mit den Herren Hilbert und Siebert und unser Aufenthalt auf Schloss Birkenhof, bei dem wir uns ineinander verliebt haben. Das alles sind Dinge, die niemals geschehen werden – zumindest glaubt man das. Und dann passieren sie doch. Etwas, das scheinbar unmöglich ist, wird wahr.

Genau das ist doch das Schöne an der Liebe, am Leben überhaupt. Dass Dinge möglich sind, von denen wir nicht zu träumen wagen. Ich kann nur sagen, mir ist es passiert. Warum auch immer.

Schließlich bin ich zu einem Ergebnis gekommen: Die Liebe ist ein Wunder, sie umgibt uns überall, und sie ist ganz und gar nicht unwahrscheinlich, sondern möglich. Sie ist das, was uns trägt, was uns staunen lässt. Sie bringt das zusammen, was scheinbar nicht zusammengehört. So wie Ludwig und mich.

»Alles okay?«, reißt mich seine vertraute Stimme zurück ins Hier und Jetzt.

»Es könnte nicht besser sein«, flüstere ich und drehe mich in seine Arme.

Als seine Lippen meine berühren, weiß ich eines genau: Zur Wahrscheinlichkeit gehört auch, dass das Unwahrscheinliche eintreten kann - wie es auch schon Aristoteles festgestellt hat.

Und genau das ist in dieser Geschichte passiert.

Ende – und doch erst der Anfang …

Elisas Lavendelcupcakes

(für 5-6 Cupcakes)

Für den Teig:
60 ml Vollmilch
1-2 EL getrocknete Lavendelblüten
60 g Mehl
60 g Zucker
1 TL Weinsteinbackpulver
20 g weiche Butter
1 Ei (Größe M)
1 TL echter Vanilleextrakt

Für das Frosting:
1 EL Vollmilch
1 TL getrocknete Lavendelblüten
40 g weiche Butter
125 g Puderzucker, gut durchgesiebt
lila Lebensmittelfarbe nach Belieben

Zum Verzieren:
getrocknete oder frische Lavendelblüten

Am Vorabend:
Die Milch und die getrockneten Lavendelblüten für den Teig gut verrühren, in ein kleines Gefäß geben (z. B. ein Glas mit Schraubverschluss) und über Nacht im Kühlschrank durchziehen lassen.

Die Milch und die getrockneten Lavendelblüten für das Frosting ebenfalls verrühren und in ein weiteres kleines Gefäß geben. Auch in den Kühlschrank stellen.

Am Backtag:
Den Ofen auf 175 °C vorheizen. Ein Muffinblech mit Papierförmchen auslegen.
Für den Teig das Mehl zusammen mit dem Zucker, dem Backpulver und der Butter in eine Schüssel geben und mit dem Handrührer zu einem krümeligen Teig verrühren.
Die Milch für den Teig durch ein Sieb in den Teig gießen. Die Lavendelblüten dabei gut mit einem Löffel ausdrücken, danach entsorgen.
Die Milch gut unterrühren, bis ein glatter Teig entsteht.
Danach das Ei und den Vanilleextrakt dazugeben und nochmals gut unterschlagen.
Den Teig gleichmäßig auf die Förmchen verteilen, dabei nur zu etwa 3/4 befüllen. Auf der mittleren Schiene 20-25 Minuten backen, bis die Oberfläche leicht gebräunt ist.
Die Cupcakes 10 Minuten im Blech ruhen lassen, dann aus der Form lösen und auf einem Kuchengitter vollständig auskühlen lassen.
Währenddessen für das Frosting die Butter und den Puderzucker in eine Rührschüssel geben und gut

durchrühren, bis eine leicht krümelige bis feste Masse entsteht.
Die Milch für das Frosting durch ein Sieb in das Frosting gießen, dabei die Blüten wieder gut ausdrücken.
Das Frosting kurz zu einer glatten Masse rühren, dann nach Belieben noch ein bis zwei Tropfen Lebensmittelfarbe einrühren. Nun auf höchster Stufe etwa 5 Minuten luftig aufschlagen.
Das Frosting mithilfe einer kleinen Palette oder eines Messers auf die Cupcakes auftragen und nach Belieben mit getrockneten oder frischen Lavendelblüten verzieren.

Vielen lieben Dank an Maja von moey's kitchen foodblog (https://www.moeyskitchen.com) für die Erlaubnis, dieses leckere Rezept hier abdrucken zu dürfen!

Meine lieben Leserinnen und Leser,

wenn euch dieses Buch gefallen hat, dann lasst es mich doch bitte wissen. Schreibt mir gerne eine Rezension bei Amazon, denn das ist ganz wichtig für uns Autoren. Besucht mich auf Facebook und Instagram, folgt mir auf Amazon oder klickt auf meine Website und registriert euch für meinen Newsletter. Hinterlasst ein Däumchen oder einen Kommentar, wie und wo auch immer. Ich freue mich über jede Rückmeldung von euch.

Ganz lieben Dank,
eure Michelle

Im Anschluss findet ihr noch weitere Romane von mir, die ich euch auch gerne ans Herz legen möchte.

Wann immer ich die Sonne sehe

Wann immer du die Sonne siehst, bin ich bei dir. Achte auf die Zeichen, dann findest du selbst in der tiefsten Schwärze der Nacht eine helle Sonne.

Mia ist sauer auf das Leben, schließlich hat es ihr Kai genommen, ihre große Liebe. Überhaupt glaubt sie weder an Zeichen noch daran, dass die Sonnenkette, die Kai ihr hinterlassen hat, in der dunklen Zeit für sie leuchten kann. In dem Glauben, alles im Leben verloren zu haben, vergräbt sie sich in ihrer Trauer.
Doch dann erhält sie einen Brief mit einer Aufgabe, die nicht nur Hannes mit seinen warmen braunen Augen in ihr Leben bringt, sondern alles von Grund auf verändert. Auf der Suche nach der Sonne geschehen einige Wunder. Doch ist Mia wirklich bereit, ihr Herz dafür zu öffnen? Und gibt es im Leben eine zweite Chance auf Glück?

Michelle Schrenk
Wann immer ich die Sonne sehe
ISBN 9783942790307

Kein Himmel ohne Sterne

Emma Morgen würde lieber zum Zahnarzt gehen als zurück an den Ort, dem sie einst den Rücken gekehrt hat. Aber ein Todesfall zwingt sie dazu, sich und ihr schlechtes Gewissen in den Zug gen Heimat zu setzen.
Und so steht sie bald vor dem Mann, den sie vor langer Zeit aus ihrem Leben radiert hat und der ihr Herz auch heute noch schneller klopfen lässt.
Jannik ist Single, noch genauso charmant und humorvoll wie früher – und zu allem Überfluss bewohnt er das Haus, das sie beide sich früher immer in ihren Träumen gewünscht hatten.
Aber gibt es im Leben eine zweite Chance?
Und ist Emma bereit, den Preis dafür zu zahlen?

BILD-Bestseller im Bereich Belletristik
Nummer 1 Amazon-Bestseller

Michelle Schrenk
Kein Himmel ohne Sterne
ISBN 9781520830025

Der Weg zwischen den Sternen

Es waren einmal ein Mädchen und ein Junge, die sich versprachen, für immer zusammenzubleiben. Doch alles kam ganz anders …
Zehn Jahre sind vergangen, als Josy und Tim sich zufällig wiedertreffen. Josy ist inzwischen Angestellte in einer Werbeagentur, obwohl sie immer Fotografin werden wollte. Tim hingegen hat seinen Traum wahr gemacht, reist durch die Welt, schreibt darüber Berichte und betreibt erfolgreich sein eigenes Blog. Das unverhoffte Wiedersehen bringt Josys Gefühlswelt gehörig durcheinander, denn sie ist nicht mehr dieselbe wie einst mit siebzehn. Zusammen begeben sich die beiden auf eine Reise, die sie damals nicht beenden konnten …
Ein Buch über die große Liebe, über Träume und den Weg zwischen den Sternen, der alles miteinander verbindet und uns zeigt, dass die schönsten Märchen das Leben selbst schreibt.

Michelle Schrenk
Der Weg zwischen den Sternen
ISBN 978-3-942790-23-9

Strandküsse und andere Turbulenzen

Wenn statt Urlaubserholung das pure Chaos auf dich wartet …

Rike ist ein Arbeitstier und hasst Urlaube. Zu blöd, dass sie sich in einem sentimentalen Moment dazu überreden lässt, zusammen mit einem guten Freund die Pension Sommertraum an der Nordsee zu buchen. Als sie von diesem jedoch kurzfristig versetzt wird, sieht sie sich gezwungen, allein in den Urlaub zu fahren.
Und das ist erst der Anfang einer Vielzahl von Turbulenzen. Denn die Pension Sommertraum, die im Internet so hübsch aussah, entpuppt sich als Albtraum. Und als wäre das nicht schon schlimm genug, ist da auch noch dieser Nils, der Rike schon im Zug gehörig auf die Nerven ging. Doch dann reißt er mit einem einzigen Strandkuss ihre sonst so geordnete Welt aus den Fugen …

Michelle Schrenk
Strandküsse und andere Turbulenzen
ISBN 978-1521745724

Über rosaroten Wolken

Was passiert, wenn du auf eine Nacktschnecke trittst und plötzlich alles in deinem Leben infrage stellst?

Ende gut, alles gut. Julia und Ben haben ihr Happy End gefunden – zumindest glauben sie es. Doch was bedeutet eigentlich dieses Happy End? Sollte ein gemeinsames Leben nicht mehr sein, als Wäsche zu waschen, Kinder zu hüten, einzukaufen und Socken zu stopfen?

Nach zwölf Jahren Ehe fragt sich Julia, wo die Zeit hin ist, als Ben und sie auf rosaroten Wolken schwebten. Kann man Familie haben und die Liebe trotzdem nicht verlieren? Dann tritt auch noch Tim in Julias Leben und wirbelt alles durcheinander ...

Michelle Schrenk
Über rosaroten Wolken
2. überarbeitete Auflage
ISBN 978-3-942790-27-7

Welche Farbe hat dein Himmel?

Anna Sommer, von ihren Freunden Sunny genannt, träumt von einer Zukunft als Schriftstellerin an der Seite ihrer großen Liebe Dominik. Als Dominik sie jedoch von einem Tag auf den anderen verlässt, bricht für sie eine Welt zusammen.
Zwölf Jahre später begegnen sich die beiden wieder. In dieser Zeit hat sich Sunnys Leben komplett verändert. Das einst so lebenslustige Mädchen schreibt nicht mehr, hat einen bodenständigen neuen Freund und arbeitet im Außendienst eines Radiosenders. Als Dominik sie um eine zweite Chance bittet, fühlt sie sich in die Vergangenheit zurückversetzt. An die Träume von früher hat sie lange nicht mehr gedacht. Dominik lässt nicht locker und stellt Sunnys Leben komplett auf den Kopf. Kann Sunny ihm verzeihen, dass er damals einfach abgehauen ist? Und was wird passieren, wenn die Vergangenheit die beiden einholt?

Michelle Schrenk
Welche Farbe hat dein Himmel?
Forever by Ullstein
ISBN 978-3-942790-23-9 (E-Book)

28295030R00113

Printed in Poland
by Amazon Fulfillment
Poland Sp. z o.o., Wrocław